Gustave Aimard

Die Zigeuner des Meeres

Erster Teil.

Gustave Aimard

Die Zigeuner des Meeres
Erster Teil.

ISBN/EAN: 9783743428331

Hergestellt in Europa, USA, Kanada, Australien, Japan

Cover: Foto ©Andreas Hilbeck / pixelio.de

Manufactured and distributed by brebook publishing software (www.brebook.com)

Gustave Aimard

Die Zigeuner des Meeres

Die

Zigeuner des Meeres.

Roman

von

Gustav Aimard.

Aus dem Französischen übersetzt

von

A. Wießner.

Erster Theil.

Leipzig,
Verlag von Ch. E. Kollmann.
1866.

Fortsetzung

von

Die Abenteurer

von

Gustav Aimard.

Die Zigeuner des Meeres.

Erster Theil.

> Die Freibeuter .... Dies waren ursprünglich
> theils französische Abenteurer, welche höchstens mit den
> Corsaren zu vergleichen waren. Es waren Raub-
> vögel, welche von allen Seiten hereinbrachen ...
> Niemals vollbrachten die Römer solche erstau-
> nenswerthe Handlungen. Wenn sie ihrem unbe-
> zähmbaren Muthe nach gleiche Politik gehabt hätten,
> würden sie in Amerika ein großes Kaiserreich ge-
> gründet haben.   (Voltaire).

I.

Der gekrönte Lachs.

Es war am 17. October 1658, als zwischen
sieben und acht Uhr Abends zwei Männer in dem
großen Saale des gekrönten Lachs, Hauptwirths-
haus der Stadt Port-de-Paix, dem gewöhnlichen Zu-
sammenkunftsort der Abenteurer aller Nationen, welche
der Durst nach Gold und der Haß der Spanier nach
den Antillen gezogen, an einem Tische saßen.

An jenem Tage lag eine erdrückende Hitze über
der Stadt, gelbe, electrische Wolken hatten sich über
den ganzen Horizont verbreitet, und selbst bei Sonnenuntergang erfrischte kein Lüftchen die von der Hitze
ausgetrocknete Erde.

Man vernahm dumpfes Grollen, welches aus dem
Schooße der Hügel emporstieg und, von den Echos
wiederholt, gleich einem fernen Donner dahinrollte.

Das Meer, schwarz wie Tinte, hob sich durch unter-
irdische Bewegungen aufgeregt, in unruhigen Wogen
und brach sich mit unheimlicher Klage schwerfällig an
den Felsen des Ufers.

Die Zigeuner des Meeres. I.   1

Alles weissagte einen nahen Sturm. Die Bewohner von Port-de-Paix, die größtentheils kräftige Seeleute und seit langer Zeit gegen die furchtbarsten Gefahren zu kämpfen gewohnt waren, unterlagen dennoch wider Willen dem Einflusse dieser allgemeinen Bedrückung der Natur, so daß sie sich in ihre Häuser zurückgezogen hatten. Die Straßen waren öde und leer, die Stadt schien verlassen, und das Wirthshaus zum gekrönten Lachs, welches sonst zu dieser späten Abendstunde einen Ueberfluß an Trinkern hatte, beherbergte unter dem verräucherten Getäfel seines weiten Saales nur die beiden Männer, deren wir oben erwähnten und welche mit dem Ellbogen auf den Tisch gestemmt, den Kopf in die Hand gestützt und die Pfeife im Munde, zerstreuten Blickes den phantastischen Windungen des Rauches folgten, der unaufhörlich ihrem Munde entströmte und sich rings um sie zu einer bläulichen Wolke verdichtete.

Zinnerne Becher, Flaschen, Karten und auf dem Tische zerstreut herumliegende Würfel bewiesen, daß jene beiden Männer sich schon lange Zeit in dem Wirthshaus befanden, und endlich, nachdem sie alle Zerstreuungen versucht, dieselben aufgegeben hatten, sei es aus Ueberdruß oder weil ernstere Gedanken ihren Geist beschäftigten und sie hinderten, sich den Vergnügungen des Spiels und der Flasche hinzugeben, wie sie es vielleicht gewünscht haben würden.

Der Eine von ihnen war ein noch völlig rüstiger

Greis, der stolz auf seinen Schultern einen schönen, fast sechszigjährigen Kopf wiegte, welchem das lange, weiße Haar, die noch schwarzen Augenbrauen und ein dichter, grauer Schnurrbart einen sehr edlen Character verliehen. Sein einfacher, aber geschmackvoller Anzug war durchaus schwarz; sein Degen mit polirtem, stälernen Heft lag, nachlässig auf den Tisch geworfen, neben seinem Hut und Mantel.

Der Andere, viel jünger als sein Gefährte, war höchstens fünf bis achtundvierzig Jahr alt; es war ein Mann von athletischen, untersetzten und eckigen Formen; seine ziemlich gewöhnlichen Züge wären unbedeutend gewesen ohne den Ausdruck seltener Energie und unbezähmbarer Willenskraft, welche seiner Physiognomie einen ganz eigenthümlichen Stempel aufdrückte.

Er trug die bis zur Extravaganz luxuriöse Tracht der reichen Rauhjäger, welche von Gold und Diamanten blitzte. Eine schwere und massive **Fanfaronne** (Kette), umwand seinen mit Straußfedern besetzten Hut und wurde durch eine Diamantenagraffe, welche ein Vermögen aufwog, zusammengehalten. Ein langer Degen hing an seiner Seite an einem breiten Wehrgehänge und war, zur größeren Bequemlichkeit in diesem Augenblick zwischen seine Beine genommen; zwei Pistolen und ein Dolch schmückten seinen Gürtel und ein weiter rother Mantel lag über der Lehne seines Sitzes.

Schon seit längerer Zeit herrschte zwischen beiden Männern das tiefste Schweigen; sie fuhren mit Rauchen fort und schickten sich gegenseitig Tabakswolken in's Gesicht, ohne, wie es schien, an einander zu denken.

Der Wirth, ein großer, magerer Bursche, der lang und trocken war wie ein Pfahl, mit schmutzigen und übel riechenden Kleider und galgenartigem Gesicht, hatte sich verschiedene Male seinen sonderbaren Gästen unter dem Vorwande, den Docht der Lampe anzufachen — was dieser jedoch keineswegs bedurfte — genähert, ohne daß es ihm gelungen war, ihre Aufmerksamkeit zu erregen, und hatte sich dann ganz verlegen und mit schlecht verhehlter Verachtung über solche geringe Verzehrer die Achseln zuckend zurückgezogen.

Endlich erhob plötzlich der jüngere der beiden Männer den Kopf, schleuderte mit einer zornigen Geberde seine Pfeife auf den Fußboden, und mit der Faust auf den Tisch schlagend, so daß die Becher und Flaschen an einander klirrten, rief er mit rauher Stimme:

„Weiß Gott! Dieser Bursche macht sich überaus lustig! Sollen wir denn ewig hier verweilen? Auf meine Seele! Man möchte rasend werden, daß man so lange warten muß!"

Der Greis richtete sanft den Kopf in die Höhe und ruhig auf seinen Gefährten blickend, sagte er in ruhigem Tone:

„Geduld, Peter, es ist noch nicht spät."

„Geduld!" brummte Der, dem man den Namen Peter beilegte, „Euch ist das leicht zu sagen, Herr von Ogeron; weiß ich, wo dieser eingefleischte Satan in diesem Augenblick steckt?"

„Weiß ich es besser als Du, mein Freund? Und dennoch, siehst Du, warte ich, ohne mich zu beklagen."

„Hm!" erwiderte Peter, „das ist Alles gut und schön.... Ihr seid sein Onkel, während ich sein Matrose bin, das ist ein großer Unterschied."

„Allerdings," antwortete lächelnd Herr von Ogeron, „und als Matrosen solltet Ihr vor einander nichts verborgen haben, nicht wahr?"

„So ist es mein Herr. Ueberdies wißt Ihr das, der Ihr in Eurer Jugend so oft gegen die Gachupines ausgezogen seid, eben so gut als ich."

„Und dies war eine gute Zeit, Peter," entgegnete, einen Seufzer unterdrückend, Herr von Ogeron. Damals war ich glücklich; ich hatte weder Kummer noch Sorge irgend welcher Art."

„Bah! Niemand kann immer jung sein, Herr. Ihr waret damals glücklich, sagt Ihr? Nun! Seid Ihr es denn heute nicht mehr? Alle Küstenbrüder, Freibeuter, Rauhjäger oder Einwohner lieben und verehren Euch wie einen Vater; ich zumal; wir lassen uns köpfen für Euch. Seine Majestät, welche Gott schützen möge, hat Euch zu unserm Gouverneur ernannt, — was könnt Ihr noch mehr wünschen?"

„Nichts; Du hast recht, Peter," antwortete er traurig den Kopf schüttelnd; „in der That, ich wüßte nicht, was ich mehr wünschen sollte."

Es trat ein kurzes Schweigen ein, bis der Rauhjäger die Unterhaltung von Neuem begann.

„Gestattet Ihr mir, eine Frage an Euch zu richten,
Herr von Ogeron?" sagte er mit einer gewissen Zögerung.

„Gewiß, mein Freund," versetzte der Greis. „Laßt
Eure Fragen hören."

„Oh! Ich habe vielleicht unrecht, Euch das zu
fragen," erwiderte er; „aber wahrlich, es ist stärker als
ich, das gestehe ich Euch."

„Gut! So laß immerhin hören. Was fürchtest Du?"

„Nichts, als Euch zu mißfallen, Herr von Ogeron.
Ihr wißt, daß ich nicht in dem Rufe stehe, furchtsam
zu sein."

„Ich glaube dies wohl, Du, Peter Legrand, einer
unserer kühnsten Freibeuter, dessen Name allein die
Spanier erzittern läßt."

Peter Legrand richtete sich mit einer augenschein-
lichen Befriedigung bei diesem wohlverdientem Compli-
ment in die Höhe.

„Wohlan!" sagte er im Tone eines Mannes, der
einen entscheidenden Entschluß faßt, „hören Sie, um
was es sich handelt. Als mein Angeworbener Pitrians
mir Euren Brief übergab, war meine erste Regung
natürlich die, Euch zu gehorchen, und mich in aller
Eile nach dem gekrönten Lachs, dem von Euch
bezeichneten Orte der Zusammenkunft zu begeben."

„Ich danke Dir für den Eifer, welchen Du
mir bei dieser Gelegenheit gezeigt hast, mein Freund."

„Wahrhaftig! Es wäre schön gewesen, wenn ich nicht gekommen wäre, auf meine Ehre, das wäre seltsam gewesen! Nun also, ich bin gekommen, wir haben gespielt, wir haben getrunken, das ist Alles sehr gut; allein ich frage mich, welches so ernste Motiv Euch Saint-Christoph verlassen ließ, um incognito nach Port-de-Paix zu kommen."

„Und dieses Motiv ist es, welches Du kennen möchtest, wie? Peter."

„Freilich, ja; wohl gemerkt, wenn Euch das nichts verschlägt; sollte es nicht so sein, so nehmt an, ich hätte nichts gesagt, und wir sprechen nicht weiter davon."

„Im Gegentheil, mein Freund, sprechen wir darüber; ich wollte Dir diese Eröffnung erst in Gegenwart meines Neffen machen, aber da er so lange ausbleibt, so sollst Du Alles wissen."

„Wir können noch warten, Herr von Ogeron, er wird jetzt wahrscheinlich nicht mehr lange ausbleiben."

„Vielleicht, aber was thut das, überdies kennt er bereits meine Pläne; höre mich also an."

„Ah! Der Duckmäuser, er hat mir nichts davon gesagt."

„Ich hatte es ihm verboten."

„Dann ist es etwas Anderes; er hat wohl daran gethan, zu schweigen."

„Höre mich aufmerksam an, denn es ist der Mühe werth. Nicht wahr, Du erinnerst Dich wie der Chevalier von Fontenay, unvermuthet durch eine spanische Escadron angegriffen, nach einem heldenmüthigen Widerstande genöthigt war, die Schildkröteninsel zu verlassen.“

„Gewiß erinnere ich mich dessen, Herr von Ogeron, und es ist ein gewaltiges Herzeleid für uns, die spanische Fahne auf dem Hafen la-Roche wehen zu sehen und gleichsam von diesem verdammten Gavachos genarrt zu sein, die uns in's Gesicht zu lachen scheinen! Wahrhaftig! ich weiß nicht, was ich darum gäbe, wenn ich diesen verdammten Dons einen Streich spielen und sie unsere Insel verlassen sehen könnte.“

Herr von Ogeron hörte lächelnd dem Rauhjäger zu. Als er schwieg, neigte er sich zu ihm hinüber, legte Hand auf seine Schulter und ihm in's Gesicht blickend, sagte er mit leiser, unterdrückter Stimme zu ihm:

„Wohlan, Peter, mein Freund, auch ich möchte jenen Gavachos einen Streich spielen und sie von unserer Insel verjagen.“

„Ah!“ meinte mit nervösem Schauder der Andere, „sprecht Ihr die Wahrheit. Ist das wirklich Eure Absicht?“

„Auf meine Ehre, Peter; sieh, deshalb habe ich Saint-Christophe verlassen, und bin incognito nach Port-de-Paix gekommen. Es fehlt hier nicht an spanischen Spionen; es ist überflüssig, daß sie erfahren, daß ich mich so in der Nähe der Schildkröteninsel befinde.“

„Ah! sehr gut! wenn es so ist, werden wir zuletzt lachen.“

„Ich hoffe es."

„Es ist ein Ueberfall, nicht wahr?"

„Allerdings, wir zahlen den Gavachos mit gleicher Münze zurück; sie haben uns überrascht, — wir werden sie ebenfalls überraschen."

„Vortrefflich!" rief der Andere, sich freudig die Hände reibend.

„Ich habe auf Dich gerechnet, Peter."

„Ihr habt wohl daran gethan, Herr von Ogeron."

„Du siehst, daß ich über Eure Absichten nicht unterrichtet bin; ich weiß durchaus nicht, was hier vorgeht, und muß mir darüber Auskunft verschaffen; Keiner aber vermag mich über das, was ich zu wissen brauche, besser zu unterrichten, als Du."

„Fragen Sie, ich werde antworten, Herr von Ogeron."

„Welche Capitaine haben wir in diesem Augenblick hier?"

„Hm!" erwiderte Jener, sich die Stirne reibend, „wir sind ziemlich arm an Leuten, Herr. Indessen sind einige Küstenbrüder hier, auf die man zur Noth zählen könnte."

„Teufel, das ist betrübend. Was ist aus dem Vertilger geworden?"

„Montbars ist vor sechs Monaten abgereist und wir haben seitdem keine Nachrichten von ihm gehabt."

„Teufel! Teufel!" sagte der Greis mit nachdenklicher Miene.

Herr von Ogeron brach bei dieser Prahlerei des Freibeuters in Lachen aus.

„So beruhige Dich doch, Du Starrkopf," sagte er, „ich habe nicht gesagt, daß ich darauf verzichte."

„In Gottes Namen, also."

In diesem Augenblick trat ein Mann in den Saal; er blieb einen Augenblick auf der Thürschwelle stehen und blickte spähend um sich; dann, nachdem er wahrscheinlich die beiden Personen, welche sich allein in dem Wirthshause befanden, erkannt hatte, nahm er seinen Mantel ab und ging rasch auf sie zu.

„He!" rief Peter, „da endlich kommt Philipp! Guten Abend, Bootsmann," setzte er, ihm die Hand reichend, hinzu:

„Guten Abend, Peter," antwortete der Neuangekommene, „hier bin ich, was willst Du von mir? Wahrhaftig! es muß eine ernste Sache sein! wo nicht, will ich Dir gestehen, daß ich sehr erzürnt darüber sein würde, mich gezwungen zu haben, Dich hier aufzusuchen, da ich die Zeit in einer angenehmeren Weise hätte zubringen können."

Peter brach in Lachen aus.

„Schau," sagte er, indem er auf Herr von Ogeron wies, der, als er seinen Neffen eintreten sah, sich ein wenig in den Schatten zurückgezogen hatte.

Philipp wandte sich zu ihm.

„Ah!" rief er freudig aus, „ich irre mich nicht, Ihr seid es, mein guter Onkel?"

„Wahrhaftig, wer sollte es sonst sein!" sagte Peter in scherzendem Tone.

„Es freut Euch also, mich zu sehen, lieber Neffe?" sprach der Greis.

„Zweifelt Ihr daran, mein Onkel?" rief dieser, indem er sich in die zu seinem Empfang geöffneten Arme des Herrn von Ogeron warf.

„Nein, Philipp, ich zweifle nicht daran," entgegnete dieser bewegt, „ich weiß, daß Ihr mich liebt."

„Habt Dank, mein Onkel. Aber welcher gute Wind hat Euch hergeführt? Wollt Ihr Euch bei uns niederlassen; Dies würde für mich eine sehr angenehme Ueberraschung sein."

„Vielleicht, mein Neffe; ich kann weder ja noch noch nein darauf antworten, dies wird von gewissen Bedingungen abhängen."

„So laßt Eure Bedingungen hören, lieber Onkel, ich will Euch von vorn herein sagen, daß ich dieselben blindlings annehme."

„Gut, Du wirst sehen, daß Du zu rasch an die Arbeit gehst."

„Weshalb denn? Soll ich nicht wünschen, daß Ihr bei mir leben möchtet?"

Also sprechend, hatte er einen Stuhl genommen und sich zwischen seinem Onkel und seinem Matrosen niedergelassen.

Philipp war ein schöner junger Mann von fünf- bis sechs und zwanzig Jahren von schlankem Wuchs;

sein etwas langer, aber nerviger Körper schien mit einer ungewöhnlichen Kraft und seltner Beweglichkeit begabt.

Sein Gesicht war wunderbar schön; seine sanfte Physiognomie würde weiblich erschienen sein, ohne den flammenden Blitz, der bei der geringsten Erregung aus seinen schwarzen Augen leuchtete, und ohne den Aus-druck unbezähmbarer Energie, welchen sie alsdann an-nahmen; trotz seiner mehr als einfachen Anzuges, den er trug, lag in seiner ganzen Persönlichkeit eine ange-borne Eleganz, welche wider seinen Willen hervorleuch-tete und seine Race kennzeichnete.

Sein Onkel betrachtete ihn mit Wohlgefallen und schien sich an seinem Anblick nicht sättigen zu können.

Der junge Mann lächelte und den Greis noch ein-mal umarmend, sagte er:

„So laßt hören, weshalb Ihr mich nicht von Eurer Ankunft benachrichtigt habt, Onkel? Ich wäre so glück-lich gewesen, wenn ich die Zeit Eurer Ankunft gewußt hätte; es ist nicht recht, mich so zu überraschen.‟

„Bedauerst Du es, mein Neffe?‟

„Durchaus nicht; allein es würde mir lieber ge-wesen sein, wenn es anders gewesen wäre.‟

„Es war unmöglich, Philipp, meine Anwesenheit hier soll, bis ich es anders bestimme, Allen unbekannt bleiben; ich bin incognito gekommen.‟

„Ah!‟ entgegnete dieser, „das ändert die Sache vollständig, Ihr habt ohne Zweifel irgend einen Plan?‟

„Ja," unterbrach ihn Peter, „und sogar einen großartigen Plan."

„Ei, Du bist unterrichtet, Matrose, wie es scheint?"

„Freilich, bin ich das."

„Gut, mein Onkel wird seinen Plan auch mir mittheilen."

„Das ist mein Wunsch allerdings, um so mehr, als ich Deine Meinung zu hören wünsche."

„Was es auch sei, Ihr habt Recht, mein Onkel."

„Du weißt noch nicht, um was es sich handelt, Narr, der Du bist!" antwortete lachend der Greis.

„Das thut nichts, lieber Onkel; es ist offenbar für mich, daß Ihr nicht Unrecht haben könnt. Jetzt sprecht, ich höre."

„Der Zweck meiner Reise ist in ein Paar Worten folgender: ich will mit Hülfe meiner alten Gefährten die Schildkröteninsel nehmen und die Spanier daraus verjagen."

„Ah!" sagte der Neffe mit erstickter Stimme, indem plötzlich Leichenblässe sein Gesicht bedeckte.

II.

Die Capelle der Jungfrau.

Fünfzehn bis sechszehn Meilen von Port-de-Paix entfernt, mitten in einer prächtigen Savanne, die von
einem breiten Flusse durchströmt und durch hohe be-
waldete Berge vor dem Winde des Meeres geschützt ist,
erhebt sich eine reizende kleine spanische Stadt, Namens
San Juan de Goava, welche damals vier- bis fünf-
tausend Einwohner zählte. Wegen ihrer Lage, die sie
den Angriffen der Abenteurer aussetzte, war sie mit
Gräben und Erdwällen umgeben, welche einen ge-
nügenden Schutz gewährten, um einem kühnen Ueber-
falle ihrer Nachbarn zu widerstehen.

Fast in der Mitte der Hauptstraße dieser Stadt
befand sich damals ein Haus von rothen Ziegelsteinen,
dessen Portal durch zwei künstlich gearbeitete Säulen
gestützt, einen Giebel trug, der die Aussicht in einen ge-
räumigen Hof bot, in dessen Mitte sich ein Brunnen befand.

Ein Perron mit doppelter Treppe führte in das
Innere des Hauptgebäudes, zu dessen beiden Seiten
seltsam in Stein gehauene Thürmchen sich befanden.

An dem Tage, wo unsere Geschichte beginnt, herrschte gegen acht Uhr Morgens großes Leben in diesem Hause welches damals ein Gasthaus oder eine Posada war, die jetzt ohne Zweifel nicht mehr existirt.

Diener eilten hin und her; Reisende kamen an, andere reisten ab; Maulthiertreiber sammelten ihre Heerden, während Peonen Pferde sattelten oder dieselben zur Tränke führten; Rufe, Geschrei und Flüche kreuzten sich in der Luft mit jener eigenthümlichen Zungengeläufigkeit der südlichen Völker.

In dem belebtesten Augenblicke kam ein, sorgfältig in die Falten eines weiten Mantels gehüllter Reiter in den Hof.

Ein Peone, der ohne Zweifel seiner Ankunft entgegen sah, näherte sich ihm rasch, griff in die Zügel seines Pferdes, half ihm absteigen und sich an sein Ohr neigend, sagte er mit leiser Stimme:

„In der Kirche de-la-Merced."

„Dank," antwortete der Reiter in demselben Tone, und nachdem er dem Peonen ein Goldstück hatte in die Hand gleiten lassen, wendete er sich um, ohne sich weiter um sein Pferd zu kümmern, barg wieder sein Gesicht in seinen Mantel, verließ den Hof und ging raschen Schrittes auf die Kirche zu, die sich, nur etwas höher gelegen, in derselben Straße befand.

Wie alle spanischen gottesdienstlichen Bauwerke ist die Kirche de-la-Merced der Stadt San-Juan-de-Goava ein wahres Kleinod, sowohl ihrem Aeußern wie Innern nach.

Nur zwei verschleierte Frauen knieten in derselben und schienen mit Inbrunst zu beten, sonst war die Kirche vollkommen leer.

Bei dem Geräusche, welches der Eintritt des Reiters verursachte, dessen Sporen auf den Steinplatten wiederhallten, wandten sie sich um.

Der Unbekannte blickte sie durchdringend an, dann schritt er auf einen in dem Winkel einer Seitencapelle befindlichen Beichtstuhl zu; dort blieb er stehen, ließ seinen Mantel niederfallen, kreuzte die Arme über seine Brust und schien zu warten.

Nachdem die beiden Frauen mit einander einige leise Worte ausgetauscht hatten, erhoben sie sich: die Eine ging auf die Kirchthür zu, während die Andere jedoch, mit schüchterner, furchtsamer Miene, gerade auf den Beichtstuhl zuschritt, neben welchem der junge Mann stand.

Einige Schritte von ihm angekommen, lüftete sie ihren Schleier und es zeigte sich das reizende Gesicht eines jungen Mädchens von sechszehn Jahren, wie es ein Poet nur immer träumen kann.

Der Edelmann verneigte sich ehrerbietig vor ihr, indem er mit vor Bewegung bebender Stimme flüsterte:

„Seid gesegnet, Juana, mir diese köstliche Zusammenkunft bewilligt zu haben."

„Es ist vielleicht unrecht von mir," antwortete sie mit dem Ausdruck unbeschreiblicher Traurigkeit, „aber ich habe nicht abreisen wollen, ohne Euch noch einmal Lebewohl zu sagen."

„Ach! ist denn Eure Abreise so nahe?" fragte er.

„Heut Abend, spätestens morgen wird die Fregatte, auf der wir uns einschiffen, unter Segel gehen, bald sind wir für immer getrennt; Ihr werdet mich vergessen, Philipp."

„Euch vergessen! Juana! . . . Oh! das glaubt Ihr nicht!" rief er schmerzlich aus.

Das junge Mädchen schüttelte betrübt den Kopf.

„Die Abwesenheit ist der Tod," murmelte sie.

Der junge Mann blickte sie leuchtend an, und ihre Hand ergreifend, die er sanft drückte, fragte er mit zitternder Stimme:

„Ihr werdet mich also vergessen, Juana?"

„Ich? O! nein," entgegnete sie, „ich werde sterben treu meiner ersten, einzigen Liebe. Aber Ihr, Philipp, Ihr seid jung, Ihr seid schön . . . Getrennt von mir durch das unermeßliche Meer, und da Ihr mich nicht wiedersehen sollt, wird ein anderes Weib meine Liebe aus Eurem Herzen verscheuchen und mein Andenken in Eurem Gedächtniß auslöschen."

Es herrschte ein kurzes Schweigen.

„Juana," begann der junge Mann wieder, „glaubt Ihr an meine Liebe?"

„Ja, Philipp, ich glaube daran, ich glaube daran mit der ganzen Kraft meiner Seele."

„Wenn es so ist, weshalb zweifelt Ihr denn an mir?"

„Ich zweifle nicht an Euch, Philipp . . . . Ach! ich fürchte nur die Zukunft."

2*

„Die Zukunft gehört Gott, Juana. Er, welcher uns heute trennt, kann, wenn er will, uns einst wieder vereinigen."

„Ich werde Hispaniola niemals wiedersehen," flüsterte sie, „ich fühle es; ich werde in jenem wilden unbekannten Lande sterben, in welchem man mich zu wohnen verdammt, fern von Allem, was mir theuer ist."

„Nein, Juana, Ihr werdet nicht sterben; denn wenn Ihr nicht wiederkommen könnt, armes Kind, so bin ich doch Mann, ich bin stark und werde Euch aufzufinden wissen."

„O!" rief sie freudig. Aber sich sogleich beherrschend, flüsterte sie: „Nein, ich wage nicht, an so viel Glück zu glauben."

Philipp lächelte sanft, als er diese Worte vernahm.

„Kind!" sagte er mit Zärtlichkeit.

Das junge Mäden blickte ihn lange unter ihren halb geschlossenen Augenlidern an.

„Ach!" sagte sie, „Ihr seid ein stolzer und tapferer Edelmann, Philipp.... Viele Frauen streiten sich vielleicht um die Ehre einer Verbindung mit Euch, während ich nur ein armes Mädchen bin...."

„Was wollt Ihr damit sagen, Juana," sprach er feurig; „seid Ihr nicht Die, welche ich liebe, die ich allen Anderen vorziehe?"

„Ja, Ihr glaubt dies, Philipp; Ihr seid aufrichtig, indem Ihr so zu mir sprecht, aber es wird ein Tag kommen...."

„Niemals! Ich wiederhole es Euch, Juana."

Sie schüttelte mehrmals betrübt den Kopf.

Der junge Mann betrachtete sie mit Erstaunen, da er dieses starre Mißtrauen nicht begreifen konnte.

„Philipp," sagte sie endlich in einem so traurigen Tone, der dem jungen Manne das Herz zusammenschnürte; „es ist vielleicht heute das letzte Mal, daß es uns vergönnt ist, uns zu sehen; laßt mich aussprechen, mein Freund," sagte sie, indem sie ihre niedliche Hand auf seinen Mund legte, wie um ihn zu verhindern, sie zu unterbrechen; „ich will mich nicht von Euch trennen, ohne daß Ihr wißt, wer ich bin. Mein Name ist das Einzige, was Ihr von mir kennt.... Eines Tages, vor zwei Monaten ungefähr, wurde ein junges Mädchen, die sich unvorsichtiger Weise in die große Savanne gewagt hatte, von einem wüthenden Stier angefallen. Nachdem das wilde Thier zweien Pferden den Leib aufgeschlitzt, ihre Diener verwundet und in die Flucht gejagt hatte, lief es mit gesenktem Kopf und entsetzlichem Brüllen auf dasselbe zu. Wahnsinnig vor Schreck, floh das junge Mädchen quer durch die Savanne, bald hierhin, bald dorthin von ihrem Pferde getragen, während sie hinter sich den zügellosen Lauf des Stieres fühlte, der sich in schwindelnder Schnelligkeit näherte.

„Plötzlich, in dem Augenblicke, wo jede Hoffnung sie verließ, wo sie ihre Seele in einem letzten Gebet Gott empfahl, erschien ein Mann, warf sich entschlossen zwischen fie und den Stier, legte feine Flinte an und der Stier rollte getroffen zu Boden und verendete mit einem Brüllen ohnmächtiger Wuth zu den Füßen feines Siegers. Diefes junge Mädchen war ich, Philipp, — Ihr waret fein Retter. Ihr erinnert Euch jenes fchrecklichen Ereigniffes, nicht wahr?"

„Ja, Juana, ich erinnere mich deffelben, um es zu fegnen, denn ich verdanke ihm das Glück, Euch kennen gelernt zu haben," fagte er mit Leidenfchaft.

„Nun hört mich an, mein Freund. Ihr habt vielleicht vorausgefetzt, da Ihr mich fo reich gekleidet und von zahlreichen Dienern umgeben erblicket, daß ich reich fei und einer edlen Familie angehörte?"

„Ich habe nichts vorausgefetzt, Juana; ich habe Euch geliebt, das ift Alles."

Sie feufzte, indem fie eine Thräne trocknete.

„Man nennt mich Juana," begann fie wieder; „ich habe niemals weder meinen Vater noch meine Mutter gekannt; man hat mir erzählt, daß mein Vater vor meiner Geburt im Kriege getödtet worden und daß meine Mutter geftorben fei, indem fie mir das Leben gab. Das ift Alles, was ich von meiner Familie weiß; felbft ihr Name ift niemals vor mir ausgefprochen worden. Meine erften Jahre find in Dunkel gehüllt. welches zu lüften mir niemals gelungen ift. Ich erinnere mich an nichts, allein es ift mir, als hätte ich in anderen Gegenden gewohnt, als habe ich lange Zeit auf dem Meere zugebracht und daß ich, bevor wir

in Hispaniola uns niederließen, in einem Lande gelebt
hätte, wo der Himmel weniger klar, die Bäume düsterer
und die Sonne kälter ist. Aber dies sind nur Ver-
muthungen, welche auf keiner festen Basis beruhen.
Es ist mir auch, als hätte ich eine andere Sprache, als
die castilianische sprechen hören und selbst gesprochen;
aber welches diese Sprache ist, das weiß ich nicht zu
sagen. Das Einzige, was ich bestimmt zu wissen
glaube, ist, daß ich im Geheimen durch eine mächtige
Familie beschützt bin, welche unaufhörlich über mir
wacht und mich niemals aus den Augen verloren hat.

„Don Fernando d'Avila, mein Vormund, ist kein
Verwandter von mir, dessen bin ich gewiß. Er ist ein
Soldat, der von unten auf gedient hat, und der aller
Wahrscheinlichkeit nach die hohe Stellung, zu welcher
er gelangt, und die noch höhere, welche ihm versprochen
ist, nur der Sorgfalt verdankt, mit der er meine Kind-
heit überwacht hat. Das ist meine Geschichte, Philipp;
sie ist sehr kurz, sehr dunkel und geheimnißvoll; aber
ich war es meiner Liebe zu Euch und mir selbst schuldig, Euch mit derselben bekannt zu machen, und überzeugt, daß ich eine heilige Pflicht erfüllt habe, werde
ich mich ohne Klage vor Eurem Willen beugen, wie
derselbe auch sei.“

Der junge Mann betrachtete sie einen Augenblick
mit einem unbeschreiblichen Ausdruck, in welchem sich
zugleich Liebe, Scham und Schmerz mischten.

„Juana,“ sagte er endlich mit bebender Stimme,

„Ihr seid ein heiliges und edles Kind, Euer Herz ist engelrein! Ich bin unwerth Eurer Liebe, denn ich habe Euch getäuscht!"

„Ihr habt mich getäuscht, Philipp, Ihr? Das ist unmöglich!" entgegnete sie mit strahlendem Lächeln; „ich glaube Euch nicht."

„Dank, Juana.... Aber es ist jetzt an mir, Euch mitzutheilen, wer ich bin."

„Oh! ich weiß es, Ihr seid ein schöner und tapferer Edelmann, den ich liebe; was geht mich das Uebrige an?"

„Laßt mich aussprechen, Juana; sobald Ihr Alles wißt, werdet Ihr mich verdammen oder freisprechen. Ich bin Edelmann, Ihr habt die Wahrheit gesagt, sogar von hoher Abkunft, aber ich bin arm."

„Was geht das mich an?"

„Nichts, ich weiß es; aber es bleibt mir übrig, ein Geheimniß Euch zu entschleiern, ein schreckliches Geheimniß, welches, sobald Ihr es erfahren werdet, vielleicht für immer mein Glück vernichten wird."

„Fahret fort," sagte sie mit ungläubiger Miene den Kopf schüttelnd.

„Ich bin kein Spanier, Juana."

„Ich weiß es," entgegnete sie lächelnd; „ich weiß sogar, daß Ihr Franzose seid, noch mehr, daß Ihr der Chef jener schrecklichen Verbindung von Ladronen seid, wie sie die Spanier nennen, vor welcher die castilianische Macht zittert. Ist das dies entsetzliche Geheimniß, Philipp, was Ihr mir zu eröffnen zögertet? Nun,

mein Freund, ich bin seit langer Zeit von Allem unterrichtet, was Euch betrifft; seid Ihr nicht ein Theil
meines Wesens?"

„Ihr verzeiht mir also?"

„Was habe ich Euch zu verzeihen, Philipp? Ich
bin kein Mann; weiß ich doch selbst nicht, ob ich
Spanierin bin; jene Streitigkeiten interessiren mich nicht,
ich bin Weib und ich liebe Euch, das ist Alles, was
mich angeht."

„Oh! Seid gesegnet für diese Worte, Juana, sie
geben mir das Leben wieder."

„Ihr habt gezweifelt, Philipp?"

„Ich wagte nicht zu hoffen," antwortete er sanft.

„Die Frauen allein wissen zu lieben," flüsterte sie
betrübt; „leider müssen wir uns jetzt trennen."

„Oh! Noch nicht, es drängt uns nichts."

„Wozu wollen wir unsern Schmerz vermehren, in=
dem wir unsern Abschied grausam verlängern?"

„Sollen wir uns denn nicht mehr wiedersehen?"

„Ach! Nach dem, was ich Euch mitgetheilt habe,
haltet Ihr mich noch Eurer werth, obgleich ich ein
armes Mädchen bin?"

Philipp's Auge entsandte einen flammenden Blitz.

„Kommt," sagte er zu ihr.

„Wohin führt Ihr mich?"

„Kommt, Juana, am Fuße jenes Altars will ich
Euch antworten."

Sie folgte ihm, bebend vor Hoffnung und Furcht,

bis in eine der Schmerzensmutter geweihte Seiten=
capelle.

„Kniet neben mir nieder, Juana, und behaltet wohl
die Worte, die ich aussprechen werde; empfanget den
Schwur, den ich in Gegenwart der Mutter Gottes
leisten will.“

Das junge Mädchen kniete schweigend nieder.

„Ich schwöre,“ begann darauf der junge Mann
mit fester Stimme, „nie eine Andere zu lieben als
Euch; ich schwöre, Euch an dem Orte, wohin Ihr geht,
wohin es auch sei, aufzusuchen; ich schwöre, noch vor
einem Jahre bei Euch zu sein. Möge die Jungfrau,
die mich sieht und hört, mich strafen, wenn ich diesen
Eid, den ich aus innerster Seele leiste, breche.“

„Ich schwöre, Euch zu erwarten, Philipp, und Euch
zu vertrauen, was auch geschehe,“ antwortete das junge
Mädchen, indem sie die Hände faltete und die Augen
zu dem heiligen Bilde emporhob.

Sie erhoben sich.

„Nehmt, Juana,“ begann Philipp wieder, indem
er einen Ring vom Finger zog, den er an der linken
Hand trug, „nehmt diesen Ring, es ist der unsers
Verlöbnisses, Ihr allein vermögt mir durch seine Rück=
sendung die Freiheit wieder zu geben.“

„Es sei so, wie Ihr wünschet, Philipp; ich liebe
und vertraue Euch. Ich nehme Euern Ring an,
nehmt diesen dafür,“ setzte sie hinzu, indem sie ihm
einen kostbaren Diamantenring reichte, „dieser Ring hat

mich noch niemals verlaſſen. Als Kind trug ich ihn
am Halſe an einer goldenen Kette; vielleicht iſt derſelbe das letzte Andenken meiner Mutter, das letzte
Vermächtniß, welches ſie mir ſterbend gab. Behaltet
ihn, er gehört Euch von nun an, denn ich bin Eure
Braut, Euer Weib vor Gott.“

In dem Augenblick, wo die beiden jungen Leute
ihre Ringe austauſchten, fiel ein klarer Sonnenſtrahl
durch die Fenſterſcheiben der Capelle und übergoß ſie
mit blendendem Lichte.

„Ich nehme dies als eine gute Vorbedeutung,“ ſagte
freudig der junge Mann, „wir werden glücklich ſein,
Juana; die Jungfrau ſchützt uns und lächelt unſerer
Liebe.“

„Möge ſie geſegnet ſein,“ antwortete mit frommer
Ergebung das junge Mädchen.

„Wann reist Ihr ab und wohin geht Ihr, Juana?“

„Unſere Abreiſe iſt noch nicht beſtimmt feſtgeſetzt;
Don Fernando d'Avila erwartet in jedem Augenblick
ſeine Ernennung zum Gouverneur von Panama.“

„So weit!“ ſprach er ſtirnrunzelnd.

„Leider! Ihr ſeht, daß wir für immer getrennt
ſind.“

„Sprecht nicht ſo, meine Vielgeliebte, für manche
Menſchen iſt nichts unmöglich, ich habe geſchworen,
Euch aufzuſuchen, und ich werde meinen Schwur halten.“

„Der Himmel hört Euch!“

„Aber da fällt mir ein, iſt nicht Don Fernando

d'Avila für Spanien Gouverneur der Schildkröteninsel?"

„In der That, ja."

„Er ist ein guter Soldat und ein kräftiger Gegner,
wir haben uns bereits in der Nähe gesehen."

„Ich soll mich heute Abend oder morgen zu ihm
begeben; von der Schildkröteninsel aus werden wir
unsere Reise nach dem festen Lande antreten; Ihr seht
also, Philipp, daß wir nicht mehr daran denken können,
uns wieder zu sehen, von jetzt wenigstens in langer
Zeit nicht."

„Vielleicht, meine Geliebte; bin ich nicht hier her
gekommen mitten unter meine Feinde? Warum sollte
es mir nicht gelingen, mich in die Insel einzuführen?
Das Eine, glaubt mir, ist nicht schwieriger, als das
Andere."

„Aber wenn Ihr erkannt würdet, das würde Euer
Tod sein."

„Beruhigt Euch, meine Liebe, die Gefahr ist nicht
so drohend, als Ihr glaubt."

Das junge Mädchen seufzte traurig.

„Nun laßt uns scheiden, Philipp," sagte sie bald
darauf.

„Wir sollten uns schon verlassen, meine theure
Juana," sprach der junge Mann bittend.

„Es muß sein, Philipp, eine längere Abwesenheit
könnte Verdacht erregen. Ueberdies, werden wir uns
nicht wiedersehen? Jetzt bin ich glücklich: ich hoffe!"

„Ich gehorche Euch, Juana; ich gehe, weil Ihr es verlangt; noch ein letztes Wort."

„Sprecht."

„Was auch geschehe, was man Euch auch von mir berichtet, eins dürft Ihr niemals glauben, daß ich jemals aufhören könnte, Euch zu lieben."

„Ich vertraue Euch, Philipp, ich werde nur Euch glauben, das schwöre ich."

„Ich habe Euren Schwur, Juana; er ist von nun an mit unauslöschlichen Buchstaben in mein Herz geschrieben und nun gehe ich voll Glauben und Vertrauen, meine Geliebte, ich sage Euch also nicht Lebewohl, sondern auf Wiedersehen."

„Auf Wiedersehen, Philipp," erwiderte sie, ihm die Hand reichend.

Der junge Mann behielt einen Augenblick diese niedliche Hand in der seinigen, küßte sie mehrmals zärtlich, dann sagte er mit Anstrengung und erstickter Stimme:

„Auf Wiedersehen, Juana, auf Wiedersehen!"

„Darauf wandte er sich und verließ mit raschen Schritten die Kirche.

Donna Juana folgte ihm mit den Augen, bis er unter dem Portal verschwunden war, dann kniete sie abermals an dem Altar der Schmerzensmutter nieder und flüsterte mit vor Bewegung gebrochener Stimme:

„Auf Wiedersehen, mein vielgeliebter Philipp."

„Sennorita," sagte die Dienerin, die sich nach dem

Fortgang des jungen Mannes ihrer Herrin wieder leise
genähert hatte, „es ist schon lange Zeit verflossen, daß
wir la-Casa verließen; fürchten Sie nicht, daß man
Ihre lange Abwesenheit auffallend finden könnte?"

„Sind wir nicht in einer Kirche, Na Cigala?

„In der That, Sennorita, sogar in einer sehr
schönen Kirche; indessen wäre es doch vielleicht besser,
nach la-Casa zurückzukehren; müssen wir nicht Alles zu
unserer Abreise vorbereiten?"

„Das ist wahr; aber da ich vielleicht niemals hierher zurückkehren soll," entgegnete sie mit einem leisen
Seufzer, „so seid so gut und laßt mich noch — fünf
Minuten nur — die Jungfrau für Denjenigen bitten,
den ich liebe."

Die Duenna schüttelte als vorsichtige Frau den
Kopf, aber sie wartete.

Einige Minuten später verließen die beiden Damen,
dicht in ihre Schleier gehüllt, endlich die Kirche.

Unter der Vorhalle trafen sie mit einem Manne
zusammen, der sorgfältig in seinen Mantel gewickelt
war und sie mit ehrerbietiger Verneigung grüßte.

Das junge Mädchen konnte bei dem Anblick dieses
Mannes einen nervösen Schauder nicht unterdrücken,
sie neigte sich zu der Duenna, indem sie ihre Schritte
verdoppelte und flüsterte mit leiser, zitternder Stimme:

„Glaubt Ihr, daß er uns erkannt hat?"

„Wer weiß!" antwortete die Duenna in demselben
Tone.

Der Unbekannte war indessen unter dem Portal der Kirche stehen geblieben und folgte ihnen mit spöttischem Blicke.

„Man muß von Neuem beginnen," murmelte er zwischen seinen Zähnen, „ich bin eine Viertelstunde zu spät gekommen; Geduld!"

———————

III.

Der Angeworbene.

Bevor wir unsere Erzählung fortsetzen und um nicht wieder darauf zurückzukommen, wollen wir hier in wenigen Worten einschalten, was diese gefürchtete Verbindung der Freibeuter oder Küstenbrüder eigentlich war, von der wir weiter oben gesprochen, wie sie entstanden und wie es ihr gelungen war, sich auf so fruchtbarer Basis zu constituiren.

Flavio Gioïa, ein Bürger von Amalfi, in dem Königreich Neapel, erwies, indem er im Jahre 1303 den Magnet, der bis dahin an Bord der Schiffe allein in Gebrauch war, verbesserte und den Compaß erfand, dem modernen Seewesen einen unermeßlichen Dienst. Diese Verbesserung, die den Seeleuten erlaubte, nicht mehr an der Küste hin, sondern im offenen Meere zu segeln, war die Veranlassung, daß sich die Begierde nach Entdeckungen regte, welche später den Menschen mit der Herrschaft des Meeres ausstatten und ihm den Besitz der Erdkugel sichern sollte, die er von nun an nach allen Richtungen durcheilen konnte.

Die Schifffahrt begann im Jahre 1322 einen
kühneren Aufschwung zu nehmen durch die Reisen der
Spanier nach den Canarischen Inseln, die etwa fünf-
hundert Meilen von der Küste Spaniens entfernt liegen,
und wo sie landeten, um die Eingeborenen in die
Sclaverei zu führen.

Der erste regelrechte Entdeckungsplan wurde von
den Portugiesen gefaßt, in Folge des Einfalles der
Mauren in ihr Land. Diese Entdeckungen sollten
natürlicherweise auf das afrikanische Festland gerichtet
sein. Wir wollen hier nichts über den Erfolg jener
kühnen Unternehmungen erwähnen, wir begnügen uns
zu berichten, daß in der Schule jener kühnen Seeleute Christoph Columbus sich bildete, dem die Ehre
vorbehalten war, eine verlorene Welt wieder zu
finden.

Seltsam, nachdem Columbus vergebens versucht
hatte, mit mehren Souverainen zu unterhandeln und
sich von Allen wie ein Narr oder Schwärmer zurück-
gestoßen sah, wandte er sich zuletzt an Ferdinand und
Isabella, die damals gerade Granada belagerten, sah
sich aber nach langem Hin- und Herreden abermals
zurückgewiesen und von nun an ohne jede Hoffnung
eines wahrscheinlichen Erfolgs. Er hatte das Lager
verlassen, um sich nach England zurückzuziehen, wohin
er sich schon mehrmals hatte begeben wollen, als die
Einnahme von Granada plötzlich die Entschlüsse der
beiden Herrscher änderte und sie geneigt machte, die

Anerbietungen anzunehmen, die sie Anfangs so entschieden zurückgewiesen hatten.

Christoph Columbus war abgereist und schon einige
Meilen entfernt, als der Courier der Königin ihn erreichte. Mißtrauisch gemacht durch seine fortwährenden
mißlungenen Unternehmungen, entschloß sich der große
Mann nur zögernd und fast gezwungen, umzukehren und
nach Santa-Fé zurückzukehren, wo der Hof sich aufhielt.

Zu Palos-de-Moguerras, einem kleinen Hafen von
Andalusien wurde die Flotte ausgerüstet, die Spanien
eine neue Welt geben sollte.

Die von der Königin befohlene Ausrüstung entsprach
durchaus nicht der Größe der Unternehmung, welche
man beabsichtigte; ihre Totalkosten überschritten nicht
hunderttausend Franken.

Das unter Befehl des zum Admiral ernannten
Columbus gestellte Geschwader bestand aus drei Schiffen
von mittelmäßiger Tonnenlast, die beiden letzteren überhaupt waren kaum große Schaluppen.

Der Admiral commandirte die Santa-Maria, Martin
Alonso Pinson hatte das Commando der Pinta mit
seinem Bruder als Steuermann, und endlich die Nina
stand unter Befehl des Yanez Pinson. Diese Fahr-
zeuge trugen Lebensmittel auf ein Jahr und ihre
Mannschaft bestand aus neunzig Personen, Matrosen,
Abenteurer und Edelleute, die sich an das Glück
Columbus' gekettet hatten.

Am dritten August 1492, etwas vor Sonnenaufgang,

lief die Flotte bei Huelva von der Bucht von Saltes aus, in Gegenwart einer Menge Zuschauer, welche Gelübde für das Gelingen dieses außerordentlichen Unternehmens thaten, von denen jedoch der größte Theil die kühnen Abenteurer nicht wieder zu sehen hoffte.

Endlich am 12.˙ October 1492 an einem Freitag, nach einer Seereise von fünfundsechszig Tagen bemerkte man bei Anbruch des Tages die Insel Guanahani oder San-Salvador, eine der lucayeschen oder Bahamainseln.

Das große, bis dahin unglaubliche Problem war gelöst, die neue Welt entdeckt oder besser gesagt wiedergefunden.

Aber erst bei seiner dritten Reise gelangte Columbus wirklich bis zu dem amerikanischen Festlande.

Am 1. August 1498 signalisirte der Matrose Alonzo Perez, in Huelva geboren, und auf Wacht in seinem Mastkorb, die Insel Trinidad, die an der Mündung des Orinoco, an der Küste von Guiana liegt.

Der Admiral steuerte darauf weiter nach Westen entdeckte das Festland und fuhr längs den Küsten von Paria und Cumana hin, wo er mehrmals landete.

Nun aber hatten, gleich nach der ersten Reise des Admirals, Ferdinand und Isabella, durch das prächtige und unerwartete Resultat geblendet, geglaubt, ihre Vorsichtsmaßregeln treffen zu müssen, um sich das Eigenthum und den Besitz der Länder zu sichern, die sie einem genierelchen Abenteurer fast wider ihren Willen verdankten, und derjenigen, die er in Zukunft noch entdecken würde.

3 *

Der König und die Königin folgten darin dem
Beispiel der Portugiesen, die im Jahre 1438 sich durch
den Pabst Eugen den IV. in den Besitz der Länder
setzen ließen, die sie von dem Cap Non bis zum indi-
schen Continent entdecken würden und so wandten sie
sich an den Pabst Alexander IV., um von ihm nicht
allein die Verleihung der Länder zu erhalten, welche
sie besetzen wollten, sondern auch derjenigen, welche
sie später entdecken würden.

Alexander IV., ein geborner Unterthan Ferdinand's,
der diesem Fürsten angenehm sein wollte, machte keine
Schwierigkeit, ihm seine Bitte zu bewilligen.

Durch eine Schenkungsacte, die ihm nichts kostete,
die aber die Macht und Ansprüche der Päbste hinsichtlich
der allgemeinen Herrschaft erhöhte, verlieh er durch eine
Bulle der Krone von Spanien alle Länder, welche
Ferdinand und Isabella entdeckt hatten oder noch entdecken konnten. Um indessen die Concession nicht zu
beeinträchtigen, die früher Portugal gemacht worden,
so bestimmte Alexander IV. als Grenze zwischen beiden
Mächten eine eingebildete Linie, die man sich von einem
Pol zum andern gezogen dachte, und welche hundert
Meilen westlich von den Azoren hinlief; indem er durch
seine Macht Alles was in Osten dieser Linie sich be-
fand, Portugal und die in Westen gelegenen Länder
Spanien gab.

Infolge dieser Bulle aus dem Jahre 1493, die
durch einen Pabst eingesetzt war, der aus eigener Macht

weite Länderstrecken verlieh, welche ihm nicht allein nicht gehörten, sondern deren Lage er nicht einmal kannte, war es, daß die Spanier sich für legitime Besitzer Amerika's erklärten, dasselbe gleichsam zu ihrem Nutzen confiscirten, indem sie anderen Nationen nicht allein verboten, sich daselbst niederzulassen, sondern sogar dort zu landen, um mit den Einwohnern Handel zu treiben.

Diese Ansprüche, so ungeheuer sie uns bei unserer heutigen Gerechtigkeit erscheinen, erregten damals keinen Einspruch in Europa. Zu dieser Zeit erhob sich die alte Welt kaum aus ihren Ruinen, und ganz beschäftigt damit, die Nationalitäten wieder aufzurichten, um diejenigen zu ersetzen, welche unter den zerstörenden Wogen der unaufhörlichen Einfälle der Barbaren verschlungen worden, verfolgte sie zu ernst diesen Gedanken, als daß sie entfernte Expeditionen unternehmen oder unbekannte Gegenden hätte colonisiren sollen.

In diesem Zustande blieben die Dinge länger als ein Jahrhundert. Spanien, die Beherrscherin des Meeres, welches sie mit Aufmerksamkeit überwachte, ließ in aller Sorglosigkeit in seine Häfen das Gold der neuen Welt hineinfließen.

Aber so streng die von der spanischen Regierung eingesetzte Polizei auch war, so war es dennoch einigen Fremdlingen gelungen, ihre Wachsamkeit zu täuschen. Diese zeigten, wenn sie nach Europa zurückkehrten, das Gold, welches sie dort gesammelt hatten, und erzählten fabelhafte Geschichten über die unbekannten Regionen, welche sie durchlaufen hatten.. Diese Erzählungen nahmen bald, indem sie von Mund zu Mund gingen, phantastische Proportionen an, die Begierde erwachte, und von allen Häfen Frankreich's, England's und selbst aus Meergegenden Deutschland's wurden Expeditionen unternommen, um das neue Eldorado auszuspähen.

Die Spanier, welche sich im guten Glauben für die Eigenthümer der neuen Welt hielten, glaubten sich beraubt; sie gingen auf die Fremden los und behandelten sie als Piraten. Unglücklicherweise besaß weder Frankreich noch England, oder die anderen europäischen Nationen eine Seemacht, die im Stande gewesen wäre, gegen die spanische, die seit langer Zeit auf einem furchtbarem Fuße stand, zu kämpfen. Sie mußten das Haupt beugen, ihre Schmach verschlucken und ihre Ohnmacht anerkennen.

Gerade zu der Zeit, wo die Seemacht Spanien's am festesten schien, war es, daß die vereinzelten Abenteurer, die aus den Bürger- und Religionskriegen Geächteten, welche einen zeitweiligen Schutz auf irgend einer im Atlantischen Meere befindlichen Insel gesucht hatten, in diesem letzten Zufluchtsort bedroht, sich entschlossen, Das zu thun, was ganz Europa nicht zu versuchen gewagt, und dreist dem castilianischen Koloß den Handschuh hinzuwerfen.

Diese Abenteurer, die allen Nationen angehörten, alle Sprachen redeten, sich zu allen Religionen bekannten, die aber unter sich durch das Elend und den Haß der

Unterdrückung verbunden waren, bildeten jene furchtbare Verbindung der Küstenbrüder, welche ein Jahrhundert hindurch die spanische Macht im Schach halten und den Keim der europäischen Colonien in der neuen Welt bilden sollte.

Zu jener Zeit, wo unsere Geschichte sich zuträgt, verließen unsere sehr wenigen Kriegsfahrzeuge nur für kurze Ausflüge die Küsten, so daß unsere Handelsseemacht sich beschützte, wie sie eben vermochte, ohne daß die Regierung sich darum kümmerte; auch hatte der größte Theil der Handelsschiffe eine zahlreiche Mannschaft und Kanonen, um sich gegen die barbarischen Piraten zu vertheidigen, von denen die Meere wimmelten.

So geschah es, daß, obwohl Frankreich und Spanien in Frieden lebten, unsere Regierung gern die Augen bei den in ihren Häfen stattfindenden Rüstungen schloß, wo sich die kühnen Seeräuber für friedliche Kaufleute ausgaben, daselbst auf's Neue verproviantirten oder sich einrichteten, um einen Ausfall auf die spanischen Galionen zu machen.

Im Voraussehen der Ungestraftheit und des Bedürfnisses des Schutzes der französischen Macht bekümmerten sich die Corsaren durchaus nicht darum, ihr Verfahren zu verbergen, und verfuhren zu Dieppe, Nantes oder Brest mit derselben Nachlässigkeit, als hätten sie sich in den Meerengen der Antillen befunden.

In der That, was konnte die französische Regierung den Abenteurern sagen? Nichts, da sie sich angelegen sein ließ, um sie besser ihres Schutzes zu versichern, selbst den Gouverneur zu wählen, der mitten unter ihnen residirte, um in ihrem Namen den Zehnt von den, den Spaniern genommenen Schiffen zu empfangen.

Dies war klar und würde heutigen Tages unvermeidlich ein casus belli sein, aber zu jener Zeit war es nicht so; damals wurden die Fragen anders ausgelegt; es war zwischen den Regierungen stillschweigend beschlossen, daß Nichts, was jenseits des Aequators geschah, den europäischen Frieden stören solle.

So befanden sich die amerikanischen Meere vollkommen parteilos zum Vortheil der Küstenbrüder, die dies benutzten, um dieselben bei der Verfolgung der castilianischen Gallionen nach allen Richtungen hin zu durchkreuzen.

Wir wollen jetzt diese, ohne Zweifel bereits viel zu lange, aber zum Verständniß der folgenden Thatsachen unumgänglich nothwendige Einschaltung schließen und unsere Erzählung da, wo wir dieselbe unterbrochen, das heißt, in dem Augenblicke wieder aufnehmen, wo Philipp, nach seiner Unterredung mit Donna Juana, die Kirche de-la-Merced in einer Erregung verlassen hatte, die er troß seiner Selbstbeherrschung nicht ganz verbergen konnte.

Sobald er sich wieder auf der Straße befand, drückte er seinen Hut tief in die Augen und kehrte langsamen Schrittes in den Gasthof zurück.

Sein Pferd war gesattelt und der Peone, der ihm

bei seiner Ankunft gesagt hatte, daß er sich nach der
Kirche begeben solle, hielt es am Zügel. Der junge
Mann schwang sich in den Sattel, warf dem Peonen
ein Goldstück zu und verließ den Hof.

Er hatte nichts mehr in der Stadt zu thun; die
Vorsicht befahl ihm also, sie so bald als möglich zu
verlassen. Indessen spornte er keineswegs sein Pferd,
sondern entfernte sich im Schritt, ohne sich im Mindesten
um die furchtbare Gefahr zu kümmern, die ihn bedrohte,
wenn er trotz seiner Verkleidung als Der erkannt worden wäre, der er wirklich war, nämlich für einen Freibeuter.

Der Krieg, den die Spanier und die Raubjäger
mit einander führten, war ein unversöhnlicher und ohne
Barmherzigkeit: jeder von den Spaniern gemachte Ge-
fangene wurde augenblicklich gehängt, die Freibeuter
begnügten sich damit, sie zu erschießen. Das war der
einzige Unterschied. Beide Verfahren richteten übrigens
auf der einen Seite eben so viel aus wie auf der
anderen.

Glücklicherweise für den jungen Mann war es
Mittag, die brennende Sonne verdorrte die Erde und
die Bewohner von San-Juan-de-Goava waren in das
Innerste ihrer Häuser geflüchtet, um der drückenden
Hitze zu entgehen; sie hielten ihre Siesta bei geschlossenen Thüren und Fensterläden, so daß die Straßen
vollkommen leer waren und daß, in Betracht des in der
Stadt herrschenden Schweigens, dieselbe zum Verwech-
seln jener Stadt in tausend und einer Nacht glich,

in welcher ein Zauberer plötzlich sämmtliche Einwohner in Statuen verwandelt hatte.

Philipp erreichte ohne Hinderniß ein Thor, welches ihm ein schlaftrunkener Lancero, vermittelst eines Plaster brummend öffnete und fest wieder hinter ihm verriegelte; bald befand er sich im Freien.

Vor ihm dehnten sich unermeßliche Savanen aus mit üppiger Vegetation und hier und dort von fast versieg= ten Wasserströmen durchschnitten. Nachdem er noch einen Blick hinter sich auf die bereits halb durch die Bäume verborgene Stadt geworfen, stieß er einen tiefen Seufzer aus und sich auf den Hals seines Pferdes neigend, sprengte er im Galopp davon, ohne an die Hitze zu denken, die sich mit jedem Augenblicke steigerte und wirklich unerträglich wurde. Philipp mußte, durch eine heftige Bewegung und große physische Ermüdung seinen Gedanken eine andere Richtung geben.

So ritt er länger als zwei Stunden fort. Sein Pferd begann zu ermüden und seinen Schritt zu mäßigen, als plötzlich eine freudige Stimme ihm fast in's Ohr rief:

„Wahrhaftig! ich wußte wohl, daß ich Euch hier treffen würde."

Der junge Mann machte Halt und blickte erstaunt um sich.

Im Schatten eines gigantischen Maguey saß ein Mann auf einem Stein und betrachtete ihn mit heite= rer Miene, während er dicke Rauchwolken aus einer

kurzen Pfeife sog, die er in einem Winkel seines
Mundes festhielt.

„Pitrians!“ rief der Reiter erstaunt; „was Teufel,
machst Du hier, mein Junge?“

„Ei! ich warte auf Euch, Herr Philipp,“ antwortete dieser aufstehend und den Zügel des Pferdes ergreifend, während der junge Mann abstieg.

Dieser Pitrians war ein großer Bursche, mit breiten Schultern und höchstens dreißig bis fünfunddreißig
Jahre alt. Seine Physiognomie, voll Intelligenz und
Gutmüthigkeit, wurde von grauen Augen erleuchtet, die
immer in Bewegung waren und von Kühnheit und
Schlauheit blitzten; seine runzelige und von Wind,
Regen, Sonne und Meer gebräunte Haut hatte einen
dunkle ziegelrothe Farbe angenommen, welche ihn eher
einem Caraïben, denn einem Europäer gleichen ließ, obwohl er Franzose und sogar Pariser war.

Sein Anzug war von der einfachsten und ursprüng-
lichsten Art; er bestand aus einem kleinen Ueberwurf
von Leinwand und einem Beinkleid, welches nur bis
zur Mitte des Schenkels reichte. Man mußte dieselbe
in der Nähe betrachten, um zu erkennen, ob diese
Kleidung von Leinwand war oder nicht, so sehr war
sie mit Blut und Fett beschmutzt. Ein alter Hutdeckel,
an welchem vorn ein Schirm angenäht war, diente
ihm als Kopfbedeckung. Im Gürtel trug er ein Etui
von Crocodillenhaut, in welchem vier Messer mit einem
Bajonnet staken, und neben ihm befand sich eine jener

langen Flinten, welche Brachie von Dieppe und Gelin von Nantes für die Raubjäger fabricirten.

Im Handumdrehen hob Pitrians den Sattel des Pferdes ab und begann dasselbe kräftig abzureiben, während er zwischen seinen Zähnen brummte.

„Was brummst Du, Thier?" fragte lachend der junge Mann, der sich bequem im Schatten ausgestreckt hatte und mit den Spürhunden des Angeworbenen spielte.

„Thier!" wiederholte Jener achselzuckend; „wahrhaftig! ich weiß es wohl; Euer Pferd ist auch ein Thier. Wie ist es möglich, ein so edles Thier zu Grunde zu richten?"

Philipp brach in Lachen aus.

„Gut!" sagte er, „brumme nur, das wird Dich erleichtern. Apropos, Du weißt, daß ich fast vor Hunger sterbe; hast Du Etwas für mich zu beißen?"

Der Angeworbene schien diese Frage nicht zu hören und fuhr fort sein Pferd abzureiben. Philipp kannte den Mann seit langer Zeit, er drang nicht weiter in ihn und wartete geduldig, bis es ihm gefallen würde, sich mit ihm zu beschäftigen.

Pitrians führte das Pferd in den Schatten, gab ihm zu saufen, warf ihm einige Arme voll Gras vor und näherte sich dann dem jungen Manne, welcher that, als denke er nicht mehr an ihn.

„Also Ihr sagt, daß Ihr Hunger habt," begann er rauh.

„Wahrhaftig! ich dächte wohl; ich habe seit gestern nichts genossen."

„Wie unsinnig, so lange nichts zu essen," sagte Jener im Tone übler Laune. „Aber da müßt Ihr sehr hungrig sein?"

„Ich gestehe, ich habe großen Hunger."

„Das glaube ich wohl; glücklicherweise bin ich ein vorsichtiger Mann und man findet mich nicht unvorbereitet; schaut unter mein Zelt."

Philipp blickte hin; es lag ein dickes Stück gesottenes Fleisch auf einem Blatte, wie auf einem Teller, und daneben stand eine Schale mit Pfefferbrühe.

„Ich wußte wohl, daß Ihr mich um einen Imbiß bitten würdet. Auch seht Ihr, daß ich meine Maßregeln getroffen habe."

„Du bist ein kostbarer Mensch," sagte Philipp, indem er nach den Lebensmitteln griff; „willst Du mir nicht Gesellschaft leisten?

Sie setzten sich einander gegenüber, nahmen ihre Messer zur Hand und die Mahlzeit begann.

„Nun," bemerkte der junge Mann, der begierig aß, „wirst Du mir das Vergnügen machen und mir sagen, wie es kommt, daß ich Dich hier finde."

„Oh! das ist leicht geschehen: ich suchte Euch."

„Wie, Du suchtest mich?"

„Freilich! der Capitain Legrand sagte heute Morgen zu mir: „Ich muß meinen Matrosen heute Abend in den gekrönten Lachs schicken; ich weiß nicht, wo er

stecken mag. Suche ihn, Pitrians und komme überhaupt nicht ohne ihn zurück." So habe ich mich auf
die Jagd gemacht, das ist Alles."

„Du haft Dich auf die Jagd gemacht, das ist sehr
gut; aber wie kommt es, daß Du gerade diese und
keine andere Richtung eingeschlagen haft?"

Pitrians lachte.

„Ei!" sagte er, „nichts ist einfacher: ich ließ
Miraud an eins Eurer Kleider riechen, während ich
zu ihm sagte: „Suche, Miraud, suche!" Das gute
Thier wandte sich einige Minuten hin und her, dann
folgte es Eurer Spur und führte mich; begreift Ihr
jetzt?"

„Beinahe," antwortete der junge Mann, indem er
dem Angeworbenen einen mißtrauischen Blick zuwarf;
„aber es ist wohl etwas sehr Wichtiges, was mein
Matrose mir sagen will?"

„Es scheint."

„Du weißt nichts."

„Meiner Treu nein, nicht das Geringste; allein er
erwartet Euch unbedingt im gekrönten Lachs."

„Ich werde dorthin gehen."

„Und ich, habt Ihr Euch mit meiner Angelegen-
heit beschäftigt, Herr Philipp?"

„Ja, ich habe Deine Sache besorgt."

„Wirklich?"

„Auf Ehre! Du gehörst jetzt mir; ich habe Dich
für vier Spürhunde und ein Faß Pulver gekauft."

„Das ist nicht zu theuer."

„Er hielt viel auf Dich."

„Das glaube ich wohl; er wird Mühe haben, einen Andern zu finden, wie ich bin."

„Also, das ist abgemacht; Du kannst darüber ruhig sein."

„Dank, Ihr ebenso; ich gehöre Euch auf Leben und Tod auf zwei Jahre, dann werde ich frei sein."

„Abgemacht."

„Nun, so lebe die Freude! Ich würde meine jetzige Lage nicht für hundert Louisd'or mit dem Bildnisse des Königs von Frankreich hingeben; apropos, ich habe Eure Flinte, Euer Pulverhorn und Kugelsack mitgebracht."

„Bah! wozu das?"

„Man kann nicht wissen, Herr; ein Unglück ist bald geschehen und nach meiner Meinung ist nichts dümmer, als sich unbedachtsam tödten zu lassen, ohne zu wissen warum."

„Du hast in der That Recht."

Und also sprechend nahm er die Flinte, lud sie und legte sie neben sich.

Der Aufenthalt der Abenteurer hatte lange gewährt; die Hitze war so drückend, daß sie es vorgezogen, die größte Heftigkeit derselben vorübergehen zu lassen, bevor sie sich wieder auf den Weg machten. Es war ungefähr fünf Uhr Abends, als sie endlich an den Aufbruch dachten.

Pitrians legte sein Zelt von feiner Leinwand zusammen, und befestigte es als Schulterriemen, sattelte
das Pferd und Philipp schwang sich in den Sattel,
als die Spürhunde plötzlich die Ohren spitzten, den Wind
berochen und ein klagendes, ersticktes Geheul ausstießen.

„Hm?" meinte Pitrians, „was giebt es? Sollten
Gavachos in der Umgegend sein, meine guten Hunde?"

Die Spürhunde blickten mit flammenden Augen
auf den Angeworbenen und wedelten mit dem Schwanze,
während sie den Kopf nach dem Wege wandten, der nach
der Stadt führte.

„So laßt doch sehen, meine Lieben!" sagte er, und
er eilte auf einen Baum zu, umschlang dessen Stamm
und erstieg denselben mit der Geschicklichkeit und Schnelligkeit eines Affen.

Nach einigen Minuten stieg er wieder herunter.

„Wir bekommen Besuch," sagte er.

„Gut! so laßt uns höflich sein und treffen wir
unsere Vorbereitungen, ihn gut zu empfangen," antwortete Philipp lachend, „find es Viele?"

„Soviel ich habe unterscheiden können, höchstens
einige Zwanzig."

„Bah! das ist nichts."

„Das ist auch meine Meinung, sie schienen mir
überdies ziemlich friedfertig, es sind Lanceros, die eine
von Maulthieren gezogene Sänfte escortiren."

„Bah, lassen wir sie kommen."

Nach einigen Minuten ließen sich die Schellen der

Maulthiere und das Knallen der Peitsche des Mayoral
deutlich in geringer Entfernung vernehmen.

Die beiden Abenteurer stürzten entschlossen vor; die
Flinte in der Hand, stellten sie sich mitten auf dem Wege auf.

„Halt!" rief Philipp mit donnernder Stimme.

Aber dieser Befehl war unnütz. Bei dem unver-
mutheten Erscheinen der Abenteurer, waren Maulthiere
und Soldaten wie auf Verabredung stehen geblieben, so
sehr hatte die Tollkühnheit dieser beiden Männer sie erschreckt.

Die Abenteurer tauschten unter sich ein spöttisches
Lächeln aus und ihre Flinte nachlässig unter den Arm
nehmend, schritten sie auf die Sänfte zu.

„Wohin geht Ihr, verdammte Gavachos," fragte
Philipp rauh einen langen grauen Mann, der an allen
seinen Gliedern zitterte, und der Anführer der Caravane zu sein schien.

„Wir sind auf der Reise, edler Caballero," antwortete der Kriegsmann mit unarticulirter Stimme
und demüthig grüßend.

„Seht," sagte lachend der Angeworbene, „und Ihr
reist so ohne Erlaubniß."

Der Andere antwortete nicht und blickte entsetzt um
sich, man sah die Lanzen der Soldaten in ihren Händen beben, so groß war ihr Schrecken.

„Nun," begann spöttisch der Angeworbene wieder,
„laßt uns ein wenig die Person sehen, die in jener
Sänfte so gut verborgen ist, damit wir wissen, welchen
Grad von Achtung wir ihr schuldig sind."

„Wenn es nur darauf ankommt, Sennor," sagte eine sanfte und durchdringende Stimme, bei deren Tone Philipp plötzlich ein Beben fühlte.

Die Vorhänge der Sänfte öffneten sich und das reizende und anmuthige Gesicht Donna Juana's zeigte sich in dem Raume.

Philipp befahl Pitrians durch einen Blick Schweigen, und mit dem Hute in der Hand verneigte er sich ehrfurchtsvoll und sagte:

„Sie wollen gütigst eine indiscrete Neugier entschuldigen, Sennorita, und Ihren Weg fortsetzen; ich versichere, daß Sie Niemand beunruhigen wird."

„Ich entschuldige Euch, Caballero," antwortete sie mit sanftem Lächeln, und sich zu dem Anführer wendend, befahl sie: „Fort."

„Erlauben Sie mir, Ihnen zu dem guten Erfolg Ihrer Reise Glück zu wünschen, Sennorita," fuhr der junge Mann betrübt fort.

„Ich hoffe, daß sie glücklich sein wird, denn sie hat gut begonnen," sagte sie absichtlich.

Sie grüßte ein letztes Mal mit der Hand und die Sänfte entferute sich.

Philipp blieb unbeweglich, gebeugt, den Hut in der Hand stehen, bis die Caravane an der Biegung des Weges verschwunden war; dann richtete er sich plötzlich mit einem Seufzer empor und sagte mit erstickter Stimme zu dem Angeworbenen.

„Du hast diese Frau gesehen, nicht wahr? Pitrians,

nun wohl! dieses Weib liebe ich, sie ist meine Braut, sie trägt mein Herz mit fort.“

„Gut!“ lachte Pitrians, „dann muß sie es Euch wiedergeben und sollten wir, um sie wieder zu finden, alle spanischen Colonien durchstöbern.“

„Ich habe geschworen, sie zu heirathen.“

„Ein Schwur ist für einen Edelmann heilig. Wir werden diesen halten; ich weiß nicht, wie wir dahin gelangen werden; aber mein Vater, der nicht dumm war, sagte immer, „wer warten kann, kommt auch noch an,“ und wahrlich, er hatte Recht.“

Zehn Minuten später schlugen die Abenteurer den Weg nach Port-de-Paiz ein, wo sie um neun Uhr Abends anlangten.

———————

IV.

Onkel und Neffe.

Philipp hatte seinen Angeworbenen verabschiedet und
sich eiligst nach dem gekrönten Lachs begeben, da er
unwillkürlich über diese Zusammenkunft, welche er nicht
begreifen konnte, beunruhigt war. Es mußten sehr
ernste Umstände sein, die Peter Legrand veranlaßt hatten,
ihn zu einer so späten Stunde in einem Gasthause zu
erwarten, anstatt seiner Ankunft ganz einfach in ihrem
gemeinsamen Logis entgegen zu sehen.

Die Anwesenheit des Onkels, den er als Gouverneur in Saint-Christoph wähnte, war ein Fingerzeig
für ihn und ein Wink, auf seiner Huth zu sein.

In der That war Herr von Ogeron nicht allein ein
thatkräftiger Mann und sehr eifersüchtig auf die Ehre
der Abenteurer, mit denen er mehre Jahre hindurch
alle Unfälle getheilt hatte, sondern er hatte sich auch,
vielleicht wider seinen Willen durch die Reize dieses
bewegten Lebens angezogen, mit Leib und Seele dem
Glücke seiner Waffengefährten hingegeben und beabsichtigte, ihren ungewissen Aufenthalt zu sichern und

Frankreich reiche Colonien zu verschaffen, indem er alle jene Raubvögel, jene tollkühnen Seeräuber in friedliche Bewohner und in arbeitsame Colonisten verwandelte.

Die Ausführung dieses in allen Puncten eines so geistvollen und intelligenten Mannes würdigen Planes verfolgte er unaufhörlich mit allen Mitteln und opferte selbst sein persönliches Vermögen der Verwirklichung desselben.

Mit einem Worte, er hatte den großen Gedanken Richelieu's — nur in geringerem Maßstabe — wiedergefaßt, welcher nichts weniger beabsichtigte, als die unermeßliche Macht der Spanier in Amerika, wenn auch nicht vollständig zu zerstören — was jetzt unmöglich war — so doch sie in einer Weise zu beeinträchtigen, daß ein großer Theil der Reichthümer der neuen Welt Frankreich zuflösse.

Die französische Regierung schien die Größe dieses edlen und patriotischen Gedankens zu verstehen; zu schwach, um Herrn von Ogeron wirksam durch kriegerische Demonstrationen zu unterstützen, konnte sie ihn nur heimlich ermuthigen, beharrlich auszuhalten, und ihm freien Willen zu lassen, indem sie sich im Voraus verpflichtete, Alles zu genehmigen, was ihm zu thun gefallen würde.

So unsicher diese rein moralische Stütze war, hatte sich dennoch Herr von Ogeron damit begnügt und war kühn an's Werk gegangen.

Aber es war eine der schwierigsten Aufgaben: die

an die vollkommenſte Freiheit, die unbändigſte Zügel-
loſigkeit gewöhnten Freibeuter waren keineswegs geneigt,
ſich unter das Joch zu beugen, welches ihnen der
Gouverneur von Saint-Chriſtoph auflegen wollte. Sie
behaupteten mit einem Schein von Recht, daß Frankreich, welches ſie aus dem Schooße ſeiner großen Familie
gleich brandigen Gliedern ausgeworfen und ſie ſogar
verlaſſen hatte, als ſie ſchwach waren, jetzt kein Recht
habe, nachdem ihre Kühnheit ſie nun wieder ſtark gemacht, ſich in ihre Geſchäfte zu miſchen und ihnen
Geſetze zu dictiren.

Jeder andere Mann als Herr von Ogeron würde
ohne Zweifel vor dieſer ſchweren Aufgabe, dieſe zügel-
loſen Menſchen zu discipliniren, zurückgewichen ſein. Aber
jene mächtige Intelligenz, unterſtützt durch die Ueberzeugung, eine große und edle Handlung zu vollbringen,
fühlte ſich im Gegentheile durch die Hinderniſſe, die
größtentheils unvermuthet von allen Seiten auf ihn
eindrangen, um das Gelingen ſeiner Pläne zu zer-
ſtören, nur noch mehr gereizt. Noch waren nicht vier
Jahre verfloſſen, daß Herr von Ogeron dieſes Rieſenwerk
der moraliſchen Wiedereinſetzung begonnen hatte, als
bereits ſeine Verſuche ihre Früchte getragen und eine
beträchtliche Aenderung in den Sitten der Abenteurer ſich
bemerklich machte. Wider Willen erlagen ſie dem
väterlichen Einfluſſe dieſes Mannes, der ſich ihrem
Glück gewidmet hatte, und den ſie wie einen Vater zu
reſpectiren gewöhnt waren.

Herr von Ogeron hatte eingesehen, daß er, um seinen Zweck zu erreichen, nicht offen die Gesetze und Gewohnheiten der Gesellschaft der Küstenbrüder angreifen, sondern im Gegentheil kühn die Initiative ergreifen mußte, indem er sich an die Spitze dieser Vereinigung stellte und so ihre Handlung regelte und ihre Unternehmungen leitete.

Geschmeichelt, einen solchen Mann an ihrer Spitze zu sehen, hatten die Abenteurer, überzeugt von dem Urtheil, den sie aus einer festen und intelligenten Leitung zogen, ihm nur geringen Widerstand entgegengesetzt.

Nachdem Herr von Ogeron dieses Resultat erreicht hatte, war er nach Frankreich abgereist; und obwohl man sich in jener Zeit in voller „Fronde" befand und die von allen Seiten angegriffene königliche Macht in einer unsichern Lage war, begab er sich dennoch nach Bouillon, wohin sich der Cardinal Mazarin, von dem Prinzen gezwungen sich zu entfernen, zurückgezogen hatte, aber dennoch von diesem Verbannungsorte aus heimlich die Geschäfte des Königs leitete.

Der Minister empfing den Abenteurer mit Auszeichnung, forderte ihn auf, auszuharren und bewilligte ihm freundlich alle seine Bitten, worauf Herr von Ogeron Bouillon ohne Zeitverlust verließ und nach Dieppe ging, wo er sich zur Rückkehr nach Saint-Christoph einschiffte.

Aber es hatten sich während seiner Abwesenheit viele Ereignisse zugetragen, welche den Gouverneur zwangen, seine gefaßten Pläne zu ändern und seine Reformprojecte für einige Zeit zu verschieben.

Die Spanier hatten die Freibeuter angegriffen, sie in mehren Treffen geschlagen, sich einer großen Anzahl unter ihnen bemächtigt, dieselben, ohne ihnen irgend Proceß zu machen, gehängt, endlich durch einen kühnen Handstreich die Schildkröteninsel überrumpelt, diese sogleich auf das Furchtbarste befestigt und eine zahlreiche von einem tapfern und erfahrenen Offizier befehligte Besatzung darin zurückgelassen.

Der Verlust der Schildkröteninsel war ein harter Schlag für die Macht der Abenteurer, er beraubte sie eines sichern Zufluchtsorts in der Nähe von Saint-Domingo und demzufolge auch der Passage der spanischen Galionen.

Noch mehr, es war eine Schmach und unauslöschlicher Flecken für die bis dahin unantastbare Ehre der Freibeuter.

Man mußte, welchen Preis es auch kostete, die Schildkröteninsel wieder nehmen, dieses Adlernest von wo die Freibeuter so sicher auszogen, um unvermuthet in die spanischen Colonien einzufallen.

Kaum in seinem Gouvernement zurück, hatte Herr von Ogeron, ohne seine Anwesenheit den Bewohnern der Insel zu verkünden, den Anzug eines Freibeuters angelegt und war mit noch zwei Anderen auf einer elenden Barke, die überall Wasser zog, unbemerkt mitten durch die zahlreichen spanischen Kreuzer gerudert. Nach einer

Ueberfahrt von siebzehn Tagen, während er hundert
Mal in Gefahr schwebte, umzukommen, gelang es ihm,
frisch und gesund in Port-de-Paix zu landen. Sobald
er das Ufer Saint-Domingo's betrat, sandte der Gouverneur einen seiner Leute zu Peter Legrand, einem alten
Freibeuter, den er seit langer Zeit kannte und welchem
er einen Theil seiner Pläne enthüllt hatte, beschied
ihn zu einer Zusammenkunft im gekrönten Lachs,
um die letzten Maßregeln für das Gelingen seines
Planes zu treffen, und um sich mit seinem Neffen
Philipp zu verständigen, der wegen seiner ungewöhnlichen Energie, seines Löwenmuthes und überhaupt
wegen des Glückes, welches sich an alle seine Unternehmungen knüpfte, einen großen Einfluß auf die Freibeuter besaß.

Er hatte auf dem Gesichte des jungen Mannes
den Ausdruck der Angst bemerkt, der sich bei Er-
wähnung der Schildkröteninsel plötzlich auf demselben
zeigte.

Der Greis runzelte die Stirn und den jungen
Mann offen anblickend, fragte er:

„Was bedeutet das, Philipp, solltest Du zögern,
die Spanier anzugreifen?“

„Nein, mein Onkel,“ antwortete er in sichtbarer
Verwirrung; „ich zögere nicht, Gott behüte mich davor.“

„Allein Du weigerst Dich,“ engegnete jener spöttisch.

Der junge Mann wurde wenn möglich noch bleicher
bei dieser beißenden Ironie.

„Ihr mißversteht den Sinn meiner Worte, lieber Onkel," erwiderte er ehrerbietig.

„Nun, so erkläre Dich offen, wie ein Mann," sagte ungeduldig der Gouverneur; „damit man wenigstens weiß, was Du meinst."

Obwohl sehr alt, hatte Herr von Ogeron, noch immer jung im Herzen, aus seinem abenteuerlichen Leben eine Reizbarkeit bewahrt, welche bei dem leisesten Widerspruch ihm das Blut in's Gesicht trieb und ihn zu furchtbarem Zorn entflammte.

„Es ist auch mein Wunsch, mich zu erklären, mein Onkel; allein ich werde dies nur unter einer Bedingung thun."

„Welche? Sprich."

„Daß Ihr mich friedlich und ohne Erregung anhört."

„Zum Teufel, wo siehst Du, daß ich gereizt bin!" rief der aufgebrachte Greis, indem er mit der Faust auf den Tisch schlug, als wollte er denselben zerbrechen.

„Gut! Ihr seht wohl, Ihr fangt bereits an, heftig zu werden."

„Geh zum Teufel!"

„Damit bin ich vollkommen einverstanden," versetzte Jener, indem er einen Schritt zurücktrat.

Aber sein Onkel hielt ihn rasch an seinem Rockschoß fest.

„Nun bleibe hier und laß uns plaudern," sprach er begütigend in bittersüßem Tone.

„Es sei; auch ist es besser, sogleich damit zu Ende zu kommen."

„Das ist auch meine Meinung.“

„Ihr beabsichtigt, die Schildkröteninsel zu nehmen.“

„Ja ich will es.“

„Womit?“

„Wie, womit?“

„Ei! Ich denke, Ihr beabsichtigt nicht, dies ganz allein auszuführen.“

„Wahrhaftig!“

„Nun, was denkt Ihr denn zu thun! Die spanische Besatzung ist bedeutend; der Offizier, der dieselbe befehligt ist ein erfahrener Mann; er ist immer auf seiner Hut, da er sehr wohl weiß, daß wir früher oder später versuchen werden, ihn zu überraschen, und deshalb hat er die Insel noch auf alle mögliche Art befestigt.“

„Ich weiß dies Alles, was weiter?“

„Wie, was weiter?“

„Ja, willst Du etwa sagen, daß darum die Insel uneinnehmbar sei?“

„Das will ich durchaus nicht damit behaupten; allein ich möchte Euch auf die Schwierigkeiten dieses Unternehmens aufmerksam machen, besonders in diesem Augenblick.“

„Warum jetzt mehr als später?“

„Weil alle unsere Brüder, und zwar die tapfersten von Allen fort sind und jetzt überhaupt fast Niemand hier ist.“

„Ich habe Herrn von Ogeron bereits diesen Einwurf gemacht,“ bemerkte Peter Legrand, indem er die Asche aus seiner Pfeife auf den Tisch schüttete.

„Und was habe ich auf diese Bemerkung geantwortet?"

„Ihr meintet, wir würden die Abwesenden entbehren können."

„Und ich antworte abermals so, hört Ihr, mein Neffe?"

„Ich höre sehr gut, mein Onkel."

„Wohlan, wollt Ihr nun, daß ich Euch meine Meinung darüber sage, mein Herr."

„Es würde mir sehr schmeichelhaft sein, dieselbe kennen zu lernen, lieber Onkel."

„So hört: Ich bin der Meinung, daß Ihr aus Gründen, die ich nicht kenne, welche ich aber entdecken werde, nicht damit einverstanden seid, daß die Schild- kröteninsel angegriffen werde."

„O! Mein Onkel," erwiderte er erröthend, „wie könnt Ihr so etwas voraussetzen?"

„Geht, geht, Neffe, bei mir giebt es keine Aus- flüchte, ich bin zu alt, als daß man mir so etwas glauben macht."

Der junge Mann machte eine heftige Anstrengung, sich zu beherrschen.

„Ist es wirklich wahr," sagte er in abgebrochenem Tone, „daß Ihr uns vorschlagt, die Insel zu nehmen?"

„Gewiß, durchaus wahr."

„Nun, so hört mich an, lieber Onkel."

„Das ist mein größter Wunsch, schon seit einer Stunde lade ich Euch zum Sprechen ein."

„Die Sache ist zu wichtig," fuhr Jener fort, „um hier, wo Jeder lauschen kann, dieselbe zu verhandeln;

auch ist der Wirth nicht zuverläſſig, es giebt zahlloſe ſpa-
niſche Spione in Port-de-Paiz, unſer Plan würde, gleich
nachdem wir ihn gefaßt, dem Feinde verrathen werden."

„Das iſt Alles ſehr gut, ſo höre ich Dich gern
reden, fahre fort."

„Bewahrt Euer Incognito, mein Onkel, es iſt
wenigſtens unnütz, daß Eure Anweſenheit bekannt wird;
Peter und ich wollen für übermorgen unſere Brüder
zu einer Zuſammenkunft auf der Inſel Marigot, dem
Hafen Margot gegenüber einladen."

„Warum übermorgen? Weshalb auf der Inſel?"

„Weil uns auf der Inſel Niemand entdecken wird,
da wir dort zu Haus ſind und nach unſerm Belieben
ſprechen können."

„Gut, aber übermorgen iſt ſehr ſpät."

„Wir bedürfen Zeit, um unſere Freunde zu benachrichtigen, auch müſſen wir beſtimmte Auskunft über den
Vertheitigungszuſtand der Inſel haben."

„Allerdings, aber wer wird mir dieſe Auskunft
liefern?"

„Ich; ich werde mich nach der Schildkröteninſel begeben und verlaßt Euch auf mich, es wird mir nichts
entgehen."

„Wir wollen Beide gehen, Matroſe," bemerkte Peter
lebhaft.

„Dank, Matroſe, ich werde allein gehen, das wird
beſſer ſein; ein Mann verbirgt ſich immer, zwei laufen
Gefahr, in einen Hinterhalt zu fallen."

„Wie Du willst, Matrose."

„Seid Ihr einverstanden, Onkel?"

„Ja, weiß Gott, ich bin damit einverstanden, Philipp, Du bist ein wackrer Bursche! Es ärgert mich jetzt, daß ich erzürnt über Dich war."

„Bah! Vergeßt das, lieber Onkel, ich denke nicht mehr daran."

„So ist es abgemacht; übermorgen also."

„Einverstanden."

„Laß Dich nur nicht tödten."

„Ich bin nicht so dumm! Die Gavachos sollen mich nicht bemerken."

„Was thun wir nun?"

„Wir kehren heim. Es beginnt spät zu werden, und Ihr bedürft der Ruhe."

„Also, Du gewährst mir Gastfreundschaft, Peter?"

„Wahrlich! Es würde sich schön machen, wenn es anders wäre!"

Peter rief den Wirth, bezahlte die Zeche und die drei Männer standen auf, um sich zu entfernen.

In dem Augenblicke, wo sie die Thür erreichten, erleuchtete ein Blitz die Finsterniß und ein furchtbarer Donnerschlag ließ die Fensterscheiben erklirren.

„Ha! Was ist das?" fragte Herr von Ogeron.

„Der Sturm beginnt," antwortete Peter. „Schon zwei Tage droht er. Ich beklage die Schiffe, die bei solchem Sturm zu landen versuchen."

„Still!" rief Philipp plötzlich, indem er die Hand

auf ihren Arm legte, und rasch den Kopf vorwärts neigte, „habt Ihr gehört?"

„Was denn?" fragten Beide.

„Den Schuß!"

„Wie, den Schuß?" riefen Beide angstvoll.

„Hört! Hört!"

„Sie horchten: einige Secunden verflossen. Dann ließ sich ein schwaches Geräusch zu wiederholten Malen vernehmen, welches jedoch einen geübten Seemann nicht täuschen konnte.

„Das ist das Nothsignal riefen sie."

„Ein Schiff ist in Gefahr."

„Ja, ja," sagte Herr von Ogeron traurig den Kopf schüttelnd; „es giebt das Nothsignal, denn es fühlt sich verloren; aber wer kann wagen, ihm bei einem solchen Sturm Hülfe zu bringen?"

„Wahrhaftig! Ich, in Ermangelung eines Anderen!" rief Philipp edelmüthig aus.

„Wir Beide!" wiederholte Peter, indem er ruhig seinen schönen gestickten Anzug ablegte und ihn sorgsam zusammenfaltete, um ihn nicht zu verderben.

„Aber, Ihr seid Thoren! meine Herren," sagte Herr von Ogeron. „Ihr werdet zwanzig Mal ertrunken sein, ehe Ihr dieses Schiff nur bemerkt. Ueberdies wer sagt Euch, daß dies eins der unsrigen ist? Es ist wahrscheinlich ein spanischer Kreuzer, der vor Anker gehen will."

„Dann um so besser, mein Onkel!" entgegnete Philipp heiter.

„Wie, um so beſſer! Warum dies?"

„Weil wir ihn nehmen werden!" verſetzte er lachend.

Betroffen durch dieſe Antwort, neigte Herr von Ogeron den Kopf, während er die Hände faltete und die Schultern zuckte. Eine ſolche Kühnheit überſchritt Alles, was er bis dahin erlebt hatte.

„Ah! Ich bedaure Pitrians in dieſem Augenblicke," ſprach Peter.

„Weshalb dies, Herr?" ſagte der Angeworbene, indem er plötzlich zum Vorſchein kam.

„Ah! Da biſt Du ja, mein Junge! Sei willkommen, Du biſt wohl ein Zauberer?"

„Nein, das nicht; allein ich vermuthete, daß man meiner bedürfen würde, und ſo bin ich hier."

„Du haſt wohl daran gethan. Mit Dir und meinem Matroſen bin ich gewiß, daß es uns gelingen wird."

„Wer zweifelt daran?" antwortete Pitrians einfach, ohne nur zu fragen, um was es ſich handelte.

„Auf!" rief Philipp: „Laßt uns ein Boot auftreiben!"

„Das wird nicht ſchwer ſein," entgegnete Peter lachend.

Und alle drei ließen Herrn von Ogeron auf der Thürſchwelle des Gaſthauſes zurück und eilten dem Ufer zu.

V.

Der Herzog von Pennaflor.

Einen Monat ungefähr vor der Zeit, wo unsere Geschichte beginnt, verfolgte ein Mann auf einem kräfti-
gen Grauschimmel, sorgfältig in die dichten Falten eines
langen Mantels gehüllt, den kaum sichtbaren Weg, der
von Medellin nach Vera-Cruz führte.

Es war beinahe elf Uhr Morgens, die Seebrise
hatte nachgelassen und die Hitze begann in dieser san-
digen und dürren Ebene, welche die Stadt einschließt,
unerträglich zu werden, so daß der Reiter sein Pferd
in mäßigem Schritt gehen ließ.

Nachdem er die Umgegend mit mißtrauischem Blicke
geprüft und sich von der vollständigen Einsamkeit überzeugt hatte, die ihn umgab, entschloß sich der Reiter,
seinen Mantel abzulegen und ihn zusammengefaltet auf
seinem Sattelknopf zu befestigen.

Jetzt war es leicht, einen jungen Mann von kaum
zweiundzwanzig Jahren mit feinen, ausgezeichneten
Gesichtszügen zu erkennen. Seine breite Stirn, seine
schwarzen, großen Augen, sein spöttischer Mund, von

einem kleinen braunen Schnurbart beschattet, verliehen seinem Gesicht, von einem vollkommenen Oval, einen Ausdruck von Stolz, Verachtung und unbeschreiblicher Härte; seine Gestalt war groß und wohlgeformt, seine Glieder kräftig, seine Bewegungen und alle Gewohnheiten seines Körpers hatten etwas Elegantes und äußerst Anmuthiges.

Sein Anzug, von schwarzem Sammet mit Gold gestickt, ließ die matte Bläſſe seiner Hautfarbe bewundernswürdig hervortreten; ein kurzer Degen in silberner Scheide, an seiner linken Seite befestigt, bewies, daß er von Adel war, denn nur die Edelleute hatten zu seiner Zeit das Recht, den Degen zu tragen. Unter seinem niedrigen, breitrandigen Vigognehute wallten lange schwarze Lacken ungeordnet auf seine Schultern herab; starke Stiefel von gelbem Leder, mit schweren silbernen Sporen besetzt, reichten bis zum Knie.

Es war in Allem ein glänzender Cavalier, dessen Erscheinung den üppigen Vera-Cruzerinnen gefallen mußte und viele Ehemänner eifersüchtig machen konnte.

Einige Schritte von der Stadt entfernt, nahm er wieder seinen Mantel um, dann passirte er das Thor und erreichte bald die ersten Häuser der Vorstadt Tejeria.

Uebrigens setzte unser Reisender seinen Weg in der Vorstadt nicht allzu weit fort, und kaum hatte er ein Dritttheil desselben zurückgelegt, als sein Pferd vor einem schwärzlichen, rissigen Hause von selbst stillhielt,

worauf sich deffen massive und seltsam geschnitzte Thür
sogleich öffnete, um ihn einzulassen.

Der junge Mann stieg ab und warf den Zügel
einem Diener zu, der, nachdem er die Thür wieder geschlossen, sich ihm mit dem Hute in der Hand genähert
hatte.

„Hat der Herzog nach mir gefragt, Estevan?" sagte
der junge Mann auf spanisch zu dem Diener.

„Zweimal, Herr Graf," antwortete ehrerbietig
Estevan.

„Schien er nicht beunruhigt oder aufgebracht über
meine Abwesenheit?"

„Aufgebracht nicht, Herr Graf; aber unruhig, ja."

„Giebt es nichts Neues hier?"

„Nein, Herr Graf; während Ihrer zweitägigen
Abwesenheit ist Monseigneur beständig in seinen Zimmern
eingeschlossen geblieben. Nur einmal hat er dieselben
verlassen, um, wie ich glaube, von dem Gouverneur der
Stadt Abschied zu nehmen."

„Der Herr Herzog reist also ab?"

„Der Befehl ist für diesen Abend gegeben, Herr
Graf; bis jetzt ist in den Bestimmungen Monseigneurs
nichts geändert."

„Gut. Hat man nichts für mich gebracht?'

„Verzeihung, Herr Graf, heute Morgen, vor ungefähr einer Stunde, kam ein Mann in Begleitung zweier
Commissionäre, die mit Koffern beladen waren."

„Gut. Ich will nun meine Toilette ein Wenig in

5 *

Ordnung bringen und dann mich zu Monseigneur begeben. Seid so gut, ihn von meiner Rückkehr zu benachrichtigen, Estevan."

Der Diener verneigte sich, übergab das Pferd einem Stallknecht und ging durch eine Seitenthür in das Haus, während der junge Mann durch den Haupteingang schritt.

Der Unbekannte ging in den ersten Stock, drehte den Schlüssel in dem Schlosse einer Thür und befand sich in einem Vorzimmer, wo mehre Koffer geordnet an der Wand standen; es waren die, von denen Estevan gesprochen hatte.

Der junge Mann schritt, ohne sich aufzuhalten, durch dieses Gemach und gelangte in ein Schlafzimmer — wahrscheinlich das seinige — denn er begann sogleich mit den Vorbereitungen, welche seine durch die Reise zerdrückte Toilette erforderte.

Er hatte seinen Anzug vollständig gewechselt und warf eben einen letzten Blick in den Spiegel, als Estevan erschien.

„Was wollt Ihr?" fragte er ihn.

„Der Herr Herzog erwartet den Herrn Grafen im Speisesaale," antwortete der Diener mit einer Verbeugung.

„Geht, ich folge Euch, befahl der junge Mann."

Sie gingen in das Erdgeschoß hinab und kamen dort durch mehre reich meublirte Gemächer, die größtentheils mit Dienern in großer Livrée, mit Pagen und

Knappen angefüllt waren, die rings umher standen oder saßen und schweigend den jungen Mann grüßten.

Endlich blieben sie vor einer Thür stehen, neben welcher zwei Huissiers standen, die goldene Ketten um den Hals trugen.

Einer der Huissiers öffnete die Thür, während der Andere die Portière emporhob, und meldete:

„Der Sennor Conde Don Gusmann de Tudela."

Der Graf trat ein, gefolgt von Estevan, der keine Livrée trug und ein vertrauter Diener zu sein schien.

Hinter ihnen fiel die Portière wieder herab und die Thür wurde geschlossen.

Das Zimmer, in welchem sich der junge Mann befand, war ein Speisesaal.

Zwei Personen saßen vor einem Tische, der in der Mitte des Gemachs stand und mit Speisen bedeckt war, die indessen noch Niemand berührt hatte.

Ein Vorschneider und zwei schwarzgekleidete Diener, jeder mit einer silbernen Kette um den Hals, warteten auf den Befehl, anzurichten.

Von den beiden am Tische sitzenden Personen war der Erste ein Greis von mindestens siebzig Jahren; obwohl sein Haar und Bart blendend weiß war, so schien er dennoch rüstig; sein schwarzes Auge leuchtete von jugendlichem Feuer, der Ausdruck seines Gesichts war hart, düster und traurig. Er trug einen reichen Anzug von schwarzem Sammet mit Silber gestickt und um den Hals den Heiligengeist-Orden und den des goldenen Vließes

Dies war der Herzog von Pennaflor.

Die ihm zur Seite sitzende Persönlichkeit, um wenigstens dreißig Jahre jünger, war sein Sohn, der Marquis Don Sancho-de-Pennaflor.

Ungeachtet seiner vierzig Jahre war er noch ein junger Mann, keine Runzel furchte seine reine Stirn, wie wenn er erst zwanzig Jahre alt gewesen wäre; sein schönes männliches Gesicht hatte einen Ausdruck von Gutmüthigkeit und Sorglosigkeit, der einen schneidenden Contrast zu dem finstern Ernst seines Vaters bildete.

Sein Anzug, nach der letzten Mode des französischen Hofes, war von thörichtem Reichthum und kleidete ihn entzückend; er spielte in diesem Augenblick mit seinem goldenen, cifelirten Degenknopfe, während er mit leiser Stimme eine Seguidilla vor sich hin summte.

„Seid willkommen, Don Gusmann," begrüßte der Herzog den jungen Mann, ihm die Hand reichend, die dieser ehrerbietig küßte; „wir erwarteten Euch mit Ungeduld."

„Monseigneur," erwiderte der Graf, „wichtige Gründe, durchaus unabhängig von meinem Willen, sind allein mächtig genug gewesen, mich von Euch fern zu halten."

„Wir machen Euch keinen Vorwurf, mein Herr; später werdet Ihr uns erklären, was Ihr gethan habt, jetzt setzt Euch," und sich zu dem Vorschneider wendend, setzte er hinzu: „Tragt auf."

Der Graf nahm Platz.

„Ah, Don Gusmann," sagte der Marquis, ihn neugierig anblickend, „wie geputzt Ihr seid, mein lieber Vetter, ich habe diese prächtigen Spitzen noch nie bei Euch gesehen, es sind englische Points, nicht wahr?"

„Ja, mein Vetter," erwiderte dieser.

„Ich bitte, gebt Estevan die Adresse des Kaufmanns."

„Ich werde etwas Besseres thun, mein Vetter," entgegnete Don Gusman lächelnd. „Wenn Euch diese Spitzen so sehr gefallen, werde ich sie Euch anbieten."

„Wahrhaftig!" rief der Marquis aus und rieb sich freudig die Hände, „da habt Ihr Recht, daran dachte ich nicht; es ist wahrscheinlich, daß eine lange Zeit vergehen würde, bevor ich...."

„Seid Ihr närrisch, Marquis, solche Dinge zu sprechen?" unterbrach ihn der Herzog und warf ihm einen strengen Blick zu.

Don Sancho neigte den Kopf und biß sich auf die Lippe.

Die Mahlzeit wurde fleißig fortgesetzt.

Der Herzog und der Graf waren zerstreut, allein der Marquis bewahrte seine gewohnte gute Laune.

Sobald der Nachtisch aufgetragen worden war, entfernten sich die Diener auf einen Wink des Herzogs. Die drei Gäste blieben allein.

Der Marquis machte eine Bewegung, um sich zu erheben.

„Was wollt Ihr thun, Don Sancho?" fragte der Herzog.

„Ich laſſe Euch allein, mein Vater," antwortete Jener, „Ihr habt mit meinem Vetter wichtige Dinge zu beſprechen, es iſt alſo beſſer, wenn ich mich entferne."

„Bleibt, Herr, die Sache, um die es ſich handelt, geht Euch mehr an, als Ihr glaubt."

„Da Ihr es wünſchet, werde ich bleiben, mein Vater, obwohl ich nicht einſehe, wozu meine Anweſenheit nützen ſoll."

Der Herzog reichte ihm ein verſiegeltes Papier.

„Leſt Dies, was ich heut Morgen für Euch erhielt."

„Eine königliche Ordre!" rief der Marquis überraſcht.

„Ja, mein Sohn; Seine Majeſtät der König hat meine Bitte genehmigt und Euch zum Gouverneur der Inſel Saint-Domingo ernannt."

„Oh! mein Vater, wie bin ich Euch dankbar!" rief der Marquis, indem er ehrerbietig die Hand des Herzogs küßte.

„Ich habe den einzigen Sohn, der mir bleibt, in meiner Nähe haben wollen."

„Gedenkt Ihr denn Neu-Spanien ſchon zu verlaſſen, mein Vater?"

„Derſelbe Courier, der Eure Ernennung brachte, hatte auch die Ordre meiner Abreiſe nach Panama."

„Welche Ehre für unſere Familie!"

„Seine Majeſtät überhäuft uns mit Güte."

„Erlauben, Monſeigneur, daß ich meine Glückwünſche mit denen meines Vetters vereinige," ſagte der Graf.

„Ihr seid einigermaßen selbst die Urſache von Dem, was geſchieht," ſprach lächelnd der Herzog.

„Ich, Monſeigneur?" fragte Jener erſtaunt.

„Gewiß, mein Kind; um den Erfolg des Euch an-vertrauten ſchwierigen Unternehmens zu ſichern, habe ich, ungeachtet meines hohen Alters eingewilligt, die Verwaltung der reichen Provinz Panama wieder zu übernehmen, in der Ueberzeugung, daß da Ihr unter allen Umſtänden auf meine Hülfe rechnen könnt, Ihr nicht zögern werdet, Eure Pflicht bis zu Ende zu thun. Euer Vetter und ich werden uns faſt zu gleicher Zeit mit Euch hinbegeben, Don Sancho wird uns als Vermittler dienen, auf dieſe Weiſe haben wir keinen Verrath zu fürchten und werden mit Niemanden den Ruhm theilen müſſen, unſer Vaterland von den erbitterten Feinden befreit zu haben, die ſeit ſo vielen Jahren es wagen, es auf eine ſo ſchmähliche Weiſe herauszufordern."

„Ich danke Euch, Monſeigneur, und ſchwöre, daß ich verſuchen will, das Vertrauen zu rechtfertigen, deſſen Ihr mich würdigt."

„Seid ſo gütig, mich in zwei Worten von Dem zu unterrichten, was Ihr während der beiden Tage Eurer Abweſenheit gethan habt, mein Herr."

„Monſeigneur, ich habe, glaube ich, vollſtändig Eure Abſichten erfüllt; indem ich mit dem von Euch bezeich-neten Manne geſprochen; derſelbe hat jetzt mein voll-kommenes Vertrauen; noch heute werde ich durch ihn dem Capitain der Brigg der „Caïman" vorgeſtellt, der spätestens morgen, den Hafen verlassen wird, um sich nach der Küste zu begeben."

„Und Ihr seid dieses Mannes sicher!"

„Wie meiner selbst."

„So wollen wir denn Abschied nehmen; denn auch wir brechen auf; ich habe gewisse Instructionen zusammengefaßt, von denen Ihr nicht abweichen dürft; sie sind in diesem Papier hier enthalten. Nehmt und bewahrt es wohl auf, damit es Euch nicht genommen wird."

Der Graf nahm das Papier aus den Händen des Herzogs.

„Diese Instructionen werde ich auswendig lernen, Monseigneur, und sobald sie meinem Gedächtniß sicher eingeprägt sind, das Papier verbrennen."

„Das wird noch vorsichtiger sein," meinte lächelnd der Herzog.

„Also, mein Vetter, dort unten werden wir Feinde sein," sprach heiter der Marquis, „wahrhaftig, hütet Euch und wachet überdies, daß Ihr nicht von meinen Fünfzigern überrascht werdet."

Der Herzog hatte den Kopf auf die Brust geneigt und war in tiefes Nachdenken verloren.

„Ihr werdet mit rauhen Männern zu thun bekommen," fuhr der Marquis fort, „ich kenne sie seit langer Zeit."

„Ihr habt sie also bekämpft, mein Vetter?"

„Ich habe mehrmals mit ihnen zu thun gehabt,

bald als Freund, bald als Feind, es sind wahre Dä-
monen! — und dennoch," setzte er mit melancholischem Ausdruck hinzu, welcher den jungen Mann überraschte,
„kann ich nichts Böses von ihnen sagen, und weniger
als irgend ein Andrer würde ich ein Recht haben, dies
zu thun."

„Seid so gütig, mir zu erklären, mein Vetter...."

„Wozu sollte das dienen," unterbrach er ihn rasch,
„Ihr werdet sie selbst beurtheilen; allein erinnert Euch,
daß es Menschen sind im vollen Sinne des Wortes.
Sie haben alle Tugenden und Laster, welche der mensch-
lichen Natur ankleben, gehen ebenso weit im Guten
wie im Bösen, stehen immer über den Ereignissen,
welche dieselben auch sein mögen, und ihr Haß des
Despotismus' hat bei ihnen eine ungezähmte Zügellosig-
keit erzeugt, welche sie mit dem Namen Freiheit be-
legen, ein Wort, das sie erfunden haben und allein zu
verstehen vermögen."

„Nachdem, was Ihr mir mittheilt, mein Vetter,
sehe ich, daß meine Lehrzeit eine harte sein wird."

„Mehr als Ihr glaubt, lieber Vetter; Gott gebe,
daß Ihr bei derselben nicht umkommt! Ach!" murmelte
er halblaut, „warum habt Ihr diesen gefährlichen Auf-
trag übernommen?"

„Was konnte ich thun?" antwortete der junge
Mann in demselben Tone.

„Allerdings," entgegnete der Marquis; und einen
Blick auf den noch immer in Gedanken verlorenen

Herzog werfend, fuhr er fort: „Ich kann nicht so mit Euch sprechen, wie ich möchte, Don Gusman; allein vernehmt Folgendes: da ich Gouverneur von Saint-Domingo bin, so, glaube ich, werde ich im Stande sein, Euch zu nützen. Ihr kennt meine Freundschaft für Euch; thut nichts ohne meinen Rath, vielleicht kann derselbe Euch nützlich werden."

„Eure Worte erfreuen mich in tiefster Seele, mein Vetter, aber wie wird es mir gelingen, Euch zu sehen?"

„Darüber beunruhigt Euch nicht, Ihr werdet von mir hören; ich habe nur noch Eins hinzuzufügen: seid vorsichtig, der leiseste Verdacht wäre das Signal Eures Todes; jene Männer verzeihen 'nie, davon habe ich den Beweis gehabt."

In diesem Augenblick hob der Herzog den Kopf in die Höhe, legte die Hand auf seine Stirn und dem Marquis einen gebieterischen Wink zuwerfend, wie um ihm Schweigen zu empfehlen, neigte er sich zu dem Grafen und richtete mit sanftem, zärtlichen Ton, wie dieser ihn nur sehr selten vernommen hatte, das Wort an ihn.

„Mein Kind," begann er, „in wenigen Augenblicken werden wir uns trennen, um uns vielleicht nie wieder zu sehen. Ich will nicht von Euch scheiden, ohne Euch zuvor gewisse Dinge eröffnet zu haben, von denen unterrichtet zu sein, nicht allein nothwendig für Euch ist, wegen des Erfolgs Euerer Mission, sondern in Zukunft auch wegen der Befriedigung Eures Gewissens."

„Ich höre Euch mit Dankbarkeit an, Monseigneur," antwortete der junge Mann; „Ihr seid stets
ein Vater für mich gewesen, ich verdanke Euch Alles;
ich würde der undankbarste Mensch sein, wenn ich für
Euch nicht die aufrichtigste und tiefste Verehrung
empfände."

„Ich kenne Eure Gefühle, mein Kind, und vertraue der Güte Eures Herzens und der Richtigkeit
Eures Urtheils, deshalb will ich, bevor wir scheiden,
Euch mit der Geschichte Eurer Jugend bekannt machen,
die ich Euch bis jetzt verweigert habe. Unsere Familie
ist, wie Ihr wißt, eine der edelsten Spaniens, sie reicht
bis zu den ersten Zeiten des Königreichs; unsere
Ahnen haben stets die Ehre unseres Namens, den sie
uns bis heute fleckenlos übergaben, hoch gehalten.

Eure Mutter war meine Schwester: Ihr seht, mein
Kind, daß Ihr mir sehr nahe verwandt seid, denn
ich bin Euer Onkel. Eure Mutter, Donna Inez-de-
Pennaflor, viel jünger als ich, war noch ein Kind, als
ich mich verheirathete; nach dem Tode meines Vaters
wurde ich daher natürlicherweise ihr Vormund.

Zu der Zeit, von der ich spreche, mein lieber Gusman waren Frankreich und England im Kriege; aus
gewissen Gründen, die ich anzuführen nicht für nöthig
halte, war meine Schwester durch mich in einem Kloster
der Stadt Perpignan, die uns damals gehörte, unter-
gebracht. Einige Jahre vergingen; Perpignan, von
dem Cardinal Richelieu selbst belagert, war gezwungen,

sich nach einer langen, heroischen Vertheidigung zu er-
geben. Sobald die Stadt genommen, eilte ich herbei,
um meine Schwester aus dem Kloster zu nehmen und
sie nach Spanien zu führen. Ich fand sie sterbend,
das Kloster war von den Franzosen geplündert worden.
Die verjagten Nonnen hatten sich geflüchtet, wohin sie
konnten, meine arme Schwester hatte bei einer armen
spanischen Familie einen Zufluchtsort gefunden, so daß
ich Mühe hatte, sie zu entdecken.

Beunruhigt über den Zustand, in welchem ich sie
fand, ließ ich einen Arzt rufen, was die armen Leute,
die sie aufgenommen, ihrer Armuth wegen nicht
zu thun gewagt hatten. Meine Schwester wollte den
Arzt nicht sehen; es wurde mir sehr schwer, sie zu
überreden, ihn zu empfangen. Er blieb lange mit ihr
eingeschlossen, als er sie endlich verließ, beeilte ich mich,
ihn zu befragen. Sein Gesicht war traurig; er antwortete auf meine Fragen nur mit gezwungener und
verlegener Miene. Ich trat in das Zimmer meiner
Schwester, sie weinte; auch sie wollte mir nichts sagen.
Der Arzt kam am Abend wieder, ich befragte ihn abermals, er gab mir gezwungene Tröstungen und ich
glaubte zu bemerken, daß er mich entfernen wollte.
Dringend bat er, mich der Ruhe zu überlassen, das
erregte meinen Verdacht, ich ahnte ein Unglück. Ich
that, als leistete ich seiner Bitte Folge, und entfernte
mich; aber sobald er das Zimmer meiner Schwester
betreten hatte, schlich ich in ein Cabinet, welches nur

durch einen Verschlag von diesem Zimmer getrennt war, und horchte; bald hatte ich nichts mehr zu hören. Die ganze Wahrheit wurde mir plötzlich klar, meine Schwester war guter Hoffnung, sie war von einem französischen Officier verführt und entehrt worden, und dieser hatte sie feige verlassen. Was konnte ich thun? — Dem armen hintergangenen Kinde verzeihen, das that ich, ohne zu zögern, allein ich forderte von ihr, daß sie mir den Namen ihres Verführers angeben solle.

Dieser Mann trug einen der besten Namen des französischen Adels; ich suchte ihn in Paris auf, wo er sich damals befand. Ich bat ihn, das von ihm begangenen Verbrechen wieder gut zu machen, er lachte mir in's Gesicht und wandte mir den Rücken. Ich sagte ihm hierauf Beleidigungen, die Blut forderten, es wurde ein Zusammentreffen für den nächsten Morgen festgesetzt, er verwundete mich gefährlich. Zwei Monate lang schwebte ich zwischen Tod und Leben, endlich genas ich wieder. Mein Feind hatte Paris verlassen. Es war mir unmöglich, seinen Zufluchtsort zu entdecken; so kehrte ich gebrochenen Herzens nach Perpignan zurück."

Der Herzog war bleich; Schweißtropfen perlten auf seinen Schläfen, sein trockner, kurzer Bericht kam nur gebrochen zwischen seinen gepreßten Lippen hervor. Mit vorgeneigtem Körper starrte der Marquis seinen Vater an und hörte ihm mit einer Art Entsetzen zu. Was den Graf anbetrifft, so hatte er den Kopf in den Hän-

den vergraben, er sah nichts; seine ganze Aufmerksamkeit war auf die Erzählung des Greises gerichtet.

Dieser fuhr fort:

„Meine Schwester war mit einem todten Kinde
niedergekommen. Ich fand sie vollständig wieder hergestellt. Ich ließ sie in Unkenntniß über die Vorfälle
meiner Reise. In Frankreich hielt mich nichts mehr
zurück, so reiste ich mit ihr nach Spanien. Drei
Monate später ernannte mich Seine Majestät zum Vice-
König von Neu-Spanien. Ich bereitete Alles zu meiner
Abreise vor, die nach dem königlichen Befehl, nächstens
stattfinden sollte. Wie es zwischen uns verabredet
worden war, sollte mich meine Schwester nach Mexiko
begleiten. Mittlerweile kam ein entfernter Verwandter,
der seit einigen Wochen in Madrid wohnte, in meinen
Pallast und bat mich um die Hand meiner Schwester.
Obwohl Inez sehr zurückgezogen gelebt hatte, war sie
dennoch von unserm Verwandten mehrmals gesehen
worden, er hatte sich in sie verliebt und wünschte sie
zu heirathen. Es war der Graf Don Louis-de-Tudela.“

„Mein Vater!“ rief der junge Mann.

„Euer Vater, ja, mein Kind, denn trotz ihrer Abneigung gegen diese Verbindung gab dennoch meine
Schwester meinen Bitten nach und willigte ein, ihn zu
heirathen. Einige Tage nach der Hochzeit verließ ich
Spanien und reiste nach Mexiko.

Ich befand mich seit zwei Jahren in Amerika, als
ich Schlag auf Schlag drei Nachrichten empfing, die

mich nöthigten, mich schleunigst einzuschiffen und nach Spanien zurückzukehren, selbst auf die Gefahr hin bei dem Könige in Ungnade zu fallen.

Der Mann, welcher meine Schwester verführt hatte, war im Gefolge eines französischen Gesandten nach Madrid gekommen. Auf einem bei Hofe stattfindenden Balle, hatte er in der Gräfin de-Tudela die Frau wieder erkannt, die er so schmachvoll in Perpignan verlassen; anstatt über sein früheres Benehmen zu erröthen und sich entfernt zu halten, schien ihm die Gelegenheit günstig, mit ihr die ehebrecherische Verbindung zu erneuern. Mit Verachtung von der Gräfin zurückgewiesen, besaß dieser Mann die Infamie, sie öffentlich zu entehren, indem er auf seine Weise erzählte, was sich zwischen ihr und ihm in Perpignan zugetragen hatte.

Fast sogleich davon unterrichtet, strafte ihn der Graf Lügen. Sie schlugen sich, und jener Mensch tödtete ihn."

„Ihr wißt den Namen dieses Mannes, nicht wahr, Monseigneur?" rief der junge Mann mit vor Schmerz bebender Stimme.

„Ich wußte ihn, aber er hat diesen Namen abgelegt, um einen andern anzunehmen," sprach der Greis dumpf.

Niedergeschmettert beugte der junge Mann sein Haupt, während er ein Schluchzen erstickte.

„Meine Schwester war einige Tage nach ihrem Gatten gestorben. Sie ließ Euch als Waise von kaum einem Jahre zurück; ich nahm mich Euer an, Gusman, ich adoptirte Euch fast als meinen Sohn; aber ich behielt Euch eine heilige Miſſion vor: die, Euren Vater und Eure Mutter zu rächen!"

„Ich werde diese Aufgabe nicht versäumen, habt Dank, Monseigneur," sagte der junge Mann in fieberhafter Aufregung.

„Ich leitete Eure Erziehung mit der größten Sorgfalt und lenkte dieselbe auf das Seeweſen; denn Ihr mußtet Seemann werden, um meine Pläne und die eurigen zu erfüllen. Obwohl noch sehr jung, so erfreut Ihr Euch doch, Gott sei Dank, mit Recht des Rufes eines geschickten und erfahrenen Officiers; nun noch ein letztes Wort."

„Ich höre, Monseigneur."

„Der Mörder Eures Vaters, der Verführer Eurer Mutter ist einer der Hauptanführer jener gefürchteten Männer, in deren Mitte Ihr leben werdet, ich habe Gewißheit darüber; das Einzige, was ich nicht weiß, ist der Name, den er mit diesem Raubleben angenommen hat."

„Ah! das thut nichts, Monseigneur," rief der Graf energisch aus. „So verborgen er auch sein mag, ich werde diesen Mann entdecken, das schwöre ich Euch."

„Gut, mein Kind, die Stunde unserer Trennung ist gekommen. Ihr wißt, welche Rachemiſſion Ihr zu erfüllen habt! Gott helfe Euch! Ich gebe Euch meinen Segen, geht und bleibt Eurem Schwure treu!"

Der junge Mann kniete vor dem Greise nieder, der

ihm die Hand zum Kuſſe reichte, dann erhob er ſich wieder und ſagte dem Marquis Lebewohl.

„Auf Wiederſehen," ſprach dieſer abſichtlich zu ihm, indem er ihm die Hand drückte.

„Auf Wiederſehen!" erwiderte der Graf und verließ den Saal.

Der Herzog folgte ihm mit den Augen, lauſchte auf das Geräuſch ſeiner Tritte, die mehr und mehr verhallten, dann hob er ſtolz den Kopf wieder in die Höhe, und herausfordernd gen Himmel blickend, ſagte er triumphirend:

„Endlich habe ich die Rache in der Hand!"

„Ah! mein Vater," murmelte der Marquis betrübt, „ſeid Ihr denn unverſöhnlich?"

Der Greis wendete den Kopf zu ſeinem Sohne mit einem unausſprechlichen Ausdruck von Verachtung zuckte die Achſeln und verließ mit langſamen Schritten den Saal.

„Armer Gusman!" ſeufzte Don Sancho, als er ſeinen Vater ſich entfernen ſah.

VI.

Die Anwerbung.

Don Gusman de-Tudela hatte sich nach seiner Unterredung mit dem Herzog von Pennaflor in sein Zimmer eingeschlossen.

Als er allein war und keine indiscreten Blicke mehr
zu fürchten hatte, sank der junge Mann auf einen
Stuhl, barg den Kopf in seinen Händen und blieb
eine lange Zeit vollständig unbeweglich.

Welches konnte der Gegenstand seines Nachdenkens
sein? Ohne Zweifel hätte er allein es sagen können.

Vielleicht dachte er an seine verlorene Zukunft, an
seine, durch diese ihm gemachte schreckliche Eröffnung
plötzlich gebrochene Hoffnung.

Vielleicht träumte er von der Rache, die er an dem
Verführer seiner Mutter zu nehmen geschworen hatte.

Vielleicht auch sandte er ein letztes Lebewohl dem
geliebten Wesen, welches die Pflicht ihn nöthigte zu
verlassen, ohne die Hoffnung, es einst wiederzusehen.

„Ist nicht mit zwanzig Jahren die Liebe die große
Lebensfrage! Und wenn man schön, reich und

von Adel ist, erscheint das Leben so süß und so
leicht.

Uebrigens, welches auch die Gedanken des unglück-
lichen Edelmanns sein mochten, so mußten sie wohl
sehr traurig sein, denn brennende Thränen drangen
zwischen seinen Fingern hindurch und erstickte Seufzer
entrangen sich seiner Brust, ungeachtet seiner Anstrengung, sich zu beherrschen. Endlich erhob er sein durch
das Leid bleiche Gesicht und fuhr aufgeregt mit der
Hand über seine feuchte Stirn.

„Keine Schwäche," sagte er, trübe lächelnd. „Lebt
wohl, ihr meine schönen Träume, mein Herz soll von jetzt
an für jedes andere Gefühl, als das des Hasses, todt sein!"

Darauf öffnete er einen Koffer, zog Matrosen-
kleider daraus hervor, die er auf den Tisch legte, und
mit einem letzten Seufzer begann er seine glänzende
Kleidung mit diesem Anzuge zu vertauschen.

Er beendete eben seine Toilette, als man leise an
die Thür klopfte.

„Da kommt mein Mann," murmelte er, und er
ging zur Thür, um zu öffnen.

Ein Individuum von einigen vierzig Jahren, dem
Anschein nach ein Matrose, stand ehrerbietig, mit dem
Hute in der Hand, auf der Schwelle.

„Tretet ein, Meister Aguirre," sagte er zu ihm.
Der Matrose grüßte und trat in das Zimmer.

„Se puede hablar?" sagte er zu ihm, indem er
mißtrauisch um sich blickte.

„Französisch oder Spanisch, ganz nach Eurer Wahl, Meister Aguirre," antwortete der junge Mann, indem er die Thür schloß, „wir sind ganz allein."

„Gut, wenn es so ist, haben wir keine Indiscretion zu fürchten; um so besser, Monseigneur."

„Hm, Meister Aguirre, ich bitte Euch, legt die Gewohnheit ab, mich Monseigneur zu nennen; nennt mich ganz einfach Martial, das ist der Name, den ich anzunehmen gedenke; oder wenn Ihr es vorzieht, nennt mich Herr, das bezeichnet nichts und ist nicht compromittirend."

„Ich werde dem Herrn gehorchen," antwortete Meister Aguirre sich verneigend.

„So ist es gut; setzt Euch auf diesen Sessel und plaudern wir."

„Ich bin zu Befehl, Herr."

„Habe ich Euch nicht gesagt, daß ich Martial heiße?"

„Ja, mein Herr."

„Wie?" fragte er lächelnd.

„Ja, Martial, oh! Seid unbesorgt, ich werde mich daran gewöhnen."

„Nun, laßt uns zur Sache kommen; sprecht, ich höre Euch."

„Nach dem mir von Euch ertheilten Befehle habe ich mich dem Capitain des Caïman vorgestellt."

„Ah! Er nennt sich der Caïman?"

„Ja."

„Das ist ein hübscher Name für einen Freibeuter."

„Es ist dies auch ein solcher."

„Ei, ich wußte dies wohl; auch zweifelt man hier nicht daran,"

„Nicht im Geringsten, man hält ihn für ein Negerschiff; überdies ist der Capitain vorsichtig, er läßt Niemand an's Land gehen, und seit acht Tagen, daß er in Sacrificios vor Anker ist, hat kein Matrose seiner Mannschaft einen Fuß auf den Hafen von Vera-Cruz gesetzt."

„Ja, das ist kühn gespielt; aber endlich kann Alles entdeckt werden."

„Auch soll er heute Nacht mit der Fluth unter Segel gehen."

„Oh! Oh! Dann müssen wir uns beeilen."

„Das habe ich gethan; durch einen seltsamen Zufall befand ich mich bei der Ankunft des Schiffes in Sacrificios; ungeachtet seiner Malereien und Verkleidung, konnte er keinen alten Seemann wie mich täuschen, sein Verfahren schien mir verdächtig, und...."

„Laßt sehen, Meister Aguirre, verwirrt Euch nicht," unterbrach ihn der junge Mann lächelnd, „warum sagt Ihr mir nicht offen, wie es ist."

„Wie es ist, was meint Ihr?" entgegnete er vor Ueberraschung bebend.

„Nun, mein Gott, bin ich jetzt nicht einer der Eurigen? Die Sache ist doch sehr einfach. Ihr seid ein Basque aus Bayonne, glaube ich, das heißt, halb Spanier; Ihr habt diese Eigenthümlichkeit benutzt, um

Euch in diesem Lande festzusetzen — zu welchem Zwecke?
Das geht mich jetzt nichts an, also werde ich Euch
darüber nichts sagen; allein Ihr habt es so eingerichtet,
daß Ihr immer mit Euren Freunden, den Küstenbrü-
dern im Verkehr bleibt. Der Zufall, von dem Ihr
jetzt sprecht, besteht darin, daß Ihr schon seit mehren
Tagen auf dieses Fahrzeug wartet, von dessen Ankunft
Ihr unterrichtet waret. Jetzt, wenigstens hoffe ich es,
verstehen wir uns; fahrt fort, ich bitte, ich bin ganz Ohr.“

Alles dies wurde in einem Tone so feinen beißenden Spottes gesagt, welcher den Seemann so außer
Fassung brachte, daß er eine Weile ganz verblüfft blieb.
Aber da er ein dreister Bursche war, so erlangte er
sehr bald seine Kaltblütigkeit wieder und dem Sprecher
gerade in's Gesicht blickend, sagte er:

„Nun, ja, was weiter?“

„Weiter? Nun, das ist Alles, scheint mir.“

„Ich wäre neugierig, zu wissen, wer Euch so gut
unterrichtet hat, Herr Graf.“

„Ihr vergeßt unser Uebereinkommen, Meister Aguirre.
Ich heiße Martial, behaltet dies ein für alle Mal, ich
bitte Euch. Was das Unterrichtetsein betrifft, so begreift Ihr wohl, mein Lieber, daß die Sache, um welche
ich mich einschiffe, ernst genug ist, um meine Vorsichtsmaßregeln zu treffen; also habe ich Euch überwacht, das
ist Alles; ich hatte, denke ich, um so zu handeln, ein ziemlich
großes Interesse, da ich nicht durch Euch verrathen zu
werden wünschte.“

„Dem buchstäblichen Sinne nach könnet Ihr Recht haben," antwortete jener in zweifelnden Tone. „Kommen wir auf unser Geschäft zurück. Ihr wißt, daß ich auf dem Caiman in der Eigenschaft eines Schiffsherrn reise."

„Ist das beschlossen?"

„Ich bin also eingeschrieben und habe meinen Vorschuß bekommen."

„Wie, Euren Vorschuß?"

„Das heißt," entgegnete er verlegen, „der Capitain hat auf meine Bitten mir eine gewisse Summe geliehen, deren ich dringend bedurfte."

„Gut!" versetzte der junge Mann mit spöttischem Lächeln, „und ich? Was habt Ihr gethan?"

„Ich habe Euch dem Capitain vorgeschlagen, indem ich Euch bei ihm für einen meiner Landsleute ausgab, der sich auf diese Küste geflüchtet und dem Hasse der Gavachos ausgesetzt sei. Auf meine Empfehlung nimmt Euch der Capitain an, aber er will Euch sehen, bevor er etwas beschließt."

„Das ist sehr recht; wo werde ich ihn finden?"

„Zu Sacrificios; er wird uns dort gegen vier Uhr erwarten: ich habe ein Boot in Bereitschaft."

„Sehr gut! Nun ist an mir die Reihe," sagte der junge Mann, indem er ein Packet Papiere auf den Tisch legte.

Die Augen Meister Aguirre's blitzten vor Begierde; er rückte seinen Sessel näher und neigte den Oberkörper vorwärts, um besser zu sehen.

Martial, — wir wollen diesen Namen beibehalten
— löste das Band, welches die Papiere zusammenhielt
und begann sie einzutheilen, indem er sagte:

„Gute Rechnungen machen gute Freunde, Meister.
Haltet Ihr Eure Versprechungen, so werde ich auch die
meinigen halten. Hier ist in vollkommener Ordnung
die Verkaufsacte von dem Hause, welches Ihr bewohnt.
Ferner sind hier fünfzigtausend Livres in Cassenan-
weisungen: Zählet!“

Der Matrose bemächtigte sich mit nervösem Beben
der Papiere, welche ihm der junge Mann reichte und
prüfte sie mit der größten Aufmerksamkeit.

„Es ist in Ordnung,“ sagte er.

„Nun,“ begann der junge Mann, wieder, „ist hier
eine Verschreibung von weiteren fünfzigtausend Livres,
die aber erst bei Eurer Rückkehr nach Frankreich auf
ein von mir unterzeichnetes Zeugniß hin, daß ich mit
Euren Diensten zufrieden gewesen, zahlbar sind; nehmt,
Ihr sehet, daß ich mein Versprechen ebenso halte, wie
Ihr die Eurigen. Ein letztes Wort noch, damit kein
Mißverständniß zwischen uns obwaltet: wenn es Euch
beliebt, Euren Freunden zum Nachtheil der Spanier
zu dienen, so ist das aufrichtig gehandelt und geht mich
ebenso wenig an, wie Ihr Euch um Gründe meines
gegenwärtigen Verfahrens zu bekümmern braucht. Erinnert Euch nur daran, daß Ihr mir gehört, daß wir
ohne Schlauheit noch Verrath gegen einander handeln,
und daß Ihr mir den unbedingtesten Gehorsam schuldet.“

„Ein Jahr hindurch," antwortete der Matrose.

„Bis zu dem Tage, wo ihr nach Frankreich zurückkehren werdet."

„Das versteht sich."

„Ja, aber behaltet wohl meine Worte, Meister
Aguirre, Ihr kennt mich genug, nicht wahr, um überzeugt zu sein, daß ich bei dem ersten Verdacht Euch
eine Kugel durch den Kopf jagen würde?"

„Es ist unnütz, mir zu drohen, Monseigneur,"
antwortete er achselzuckend, „mein Interesse steht Euch
für meine Treue."

„Gut, ich habe ferner daran gedacht, daß Ihr vielleicht niemals wieder zurückkehren würdet, um in
Vera-Cruz zu wohnen, und daß daher das Geschenk
Eures Hauses ziemlich illusorisch wäre. Auch habe ich
der versprochenen Summe noch zwanzigtausend Livres
als Leibsumme hinzugefügt, während ich Euch dennoch
das Eigenthumsrecht dieses Hauses lasse."

„Dank, mein Herr, ich habe es heute Morgen auf
fünf Jahre gemiethet und den Zins im Voraus bezahlt."

„Nun," entgegnete lachend der junge Mann, „ich
sehe mit Vergnügen, daß Ihr die Geschäfte kennt, das
ist eine Garantie für mich; nehmt nun diese Papiere
zusammen, und wenn Ihr wollt, können wir jetzt auf-
brechen."

„Sogleich, wenn Ihr es wünscht."

„Wohlan, ja, sogleich."

Sie gingen.

Als sie das Haus verließen, konnte der junge Mann einen letzten Seufzer nicht unterdrücken; aber er beherrschte sich sogleich wieder und sich zu seinem Gefährten wendend, sagte er mit fester Stimme:

„Laßt uns gehen."

Es war drei Uhr Nachmittags; die beiden Männer gingen neben einander durch die Stadt, ohne Jemand zu begegnen; die Straßen waren wegen der Hitze beinahe ganz ausgestorben.

Die Verkleidung des Grafen war zu natürlich, als daß er gefürchtet hätte, von einem seiner Freunde erkannt zu werden.

Sie erreichten also ohne Hinderniß den Hafen. Ein leichtes Fahrzeug lag an dem äußersten Ende des Molo vor Anker.

„Dort ist das Boot," bemerkte der Seemann.

„So wollen wir uns einschiffen," antwortete lakonisch der junge Mann.

Sie sprangen ins Boot, ließen die Taue schießen und ergriffen die Ruder.

Die Ueberfahrt von Vera-Cruz nach der Insel Sacrificios, wo gewöhnlich die großen Schiffe vor Anker gehen, da sie dort einen guten Grund und einen beinahe sicheren Zufluchtsort finden, beträgt ungefähr eine Meile.

Wenn das Meer ruhig ist, ist dies eine köstliche Spazierfahrt.

Nachdem sie einige Zeit die Ruder gebraucht, erhob

sich eine leichte Brise, welche den Reisenden erlaubte, das dreieckige Segel einzusetzen und sich ohne Ermüdung forttragen zu lassen.

Je mehr sie sich der Insel näherten, um so mehr schien sich die Brigg der Caïman aus dem Wasser zu heben, bis er endlich ganz sichtbar wurde.

Es war ein schönes Schiff, schlank und glatt lag es auf dem Meere; sein hoher Mast war nach rückwärts gewandt, sein gutgetheertes Takelwerk mit größter Sorgfalt gespannt.

Der vollkommen schwarze Schiffsrumpf war von einem blutrothen dünnen Streifen durchzogen. Man bemerkte keine Stückpforte und demnach auch keine Kanonen.

Es schien Niemand an Bord zu sein.

Der Graf machte zwei wichtige Entdeckungen: erstens, daß die Enternetze ausgespannt waren, wahrscheinlich aus Furcht vor Ueberraschung; und zweitens daß die Segel auf Kabelgarn waren und die Brigg ihre Anker in Krahnbalken hatte und blind angekettet war.

„Das ist ein schönes Schiff,“ sagte er in dem Augenblick, als das Fahrzeug am Steuerbord vorüberglitt.

„Ja,“ antwortete der Seemann wohlgefällig, „und ein feiner Segler, das kann ich behaupten.“

„Ihr kennet ihn also?“

„Wahrhaftig, ja! ich habe zwei Jahre auf demselben unter Montbar's Leitung gesegelt.“

Einige Minuten später glitt das Vordertheil des Bootes knirschend auf den Sand eines kleinen Seehafens und die beiden Männer stiegen auf der Insel Sacrificios an's Land.

Kaum hatten sie einige Schritte gemacht, als sie einen Mann bemerkten, der ihnen langsam entgegenkam.

„Da ist der Capitain des Caïman," sagte der Seemann, „Ihr seht, daß er bei der Zusammenkunft pünctlich ist."

„Ah!" entgegnete der junge Mann; und indem er sich ihm näherte, betrachtete er ihn neugierig.

Da diese Persönlichkeit berufen ist, in unserer Erzählung eine wichtige Rolle zu spielen, so wollen wir mit wenigen Worten ihr Portrait scizziren.

Dieser Mann war, in der ganzen Ausdehnung des Worts, ein wahrer Wehrwolf; in der That glich er mehr einem Seehunde als einem Menschen.

Wenigstens fünfzig Jahre alt, schien er dennoch kaum vierzig alt zu sein; er war von kleiner, untersetzter und kräftig gebauter Gestalt, seine verbrannte Hautfarbe war fast ziegelartig; seine grauen tiefliegenden Augen lebendig und ausdrucksvoll; seine intelligente, obwohl etwas rauhe Physiognomie athmete Kühnheit und die ruhige Unerschrockenheit eines Mannes, der seit langen Jahren gewöhnt ist, gegen die Gefahr zu kämpfen unter welcher Gestalt sie sich ihm auch nahte.

Sein Anzug war ohne Zweifel aus Laune — denn dieser Mann war ein Britte — der der Poletaisen,

eine feltfame Tracht, die fich bis in letter Zeit unver-
ändert erhalten hat.

Er trug eine Jade von grobem blauen Tuch, deren
Näthe mit einer Borde derfelben Farbe, nur etwas
heller, befetzt waren; um den Hals ein Tuch, deffen
Zipfel mit filbernen Eicheln verziert waren: eine dunkel-
graue Wefte, mit großen brochirten Blumen, weite
braune Beinkleider, ebenfo befetzt wie die Jade; feidene
Strümpfe und Schuhe mit filbernen Schnallen, und
eine Mütze von fchwarzem Sammt, mit einer Vignette
aus gefponnenem Glas gefchmückt, welche die Notre-
Dames-des-Grèves darftellte, bedeckte feinen Kopf.
Ein breiter Gürtel von Kalbleder, in welchem zwei
lange Piftolen befeftigt waren, umfchloß feine Taille.

So war, dem Phyfifchen nach, der Mann, den
die Ankommenden fich ihnen nachläffig entgegenkommen
fahen, er rauchte eine Pfeife mit kaum fichtbarem
Rohr, die in den Winkel feines Mundes feftgefchweißt
zu fein fchien.

„Ah, da bift Du ja, mein Junge,“ fagte er heiter
zu dem Matrofen, „wen bringft Du uns hier?“

„Capitain Vent-en-panne,“ antwortete der Matrofe,
„ich bringe Euch hier den neuen Gefährten, von dem
ich geftern gefprochen habe.“

„Ah! ah!“ verfetzte Jener, indem er den jungen
Mann durchdringend anblickte, „ein hübfch gewachfener
Burfche, der kräftig zu fein fcheint; wie heißeft Du,
mein Junge?“

„Martial, Capitain," antwortete er mit ehrerbietigem Gruß.

„Ein Name von guter Vorbedeutung, bei Gott! Du bist also ein Biscayer?"

„Ja, Capitain."

„Und Du hast Dich auf dieser Küste niedergelassen?"

„Mein Gott ja, Capitain, schon zwei Jahre bin ich hier, ohne daß es mir gelungen wäre, wieder fortzukommen."

„Gut! wir werden Dir heraushelfen, sei unbesorgt; Aguirre hat mir gesagt, daß Du ein guter Matrose seiest."

„Ich segele seit siebzehn Jahren, Capitain, und bin noch nicht dreiundzwanzig."

„Ha! da mußt Dein Geschäft kennen; Du weißt, wer wir sind, nicht wahr?"

„Ja, Capitan."

„Und Du hast keine Furcht an Bord eines unsrer Schiffe zu gehen?"

„Im Gegentheil, es war mein lebhaftester Wunsch."

„Sehr gut! ich glaube, daß wir etwas aus Dir werden machen können."

„Ich hoffe es auch."

„Hast Du Waffen und Pulver?"

„Ich habe Alles, was ich brauche."

„Nun, muß ich Dich auf Etwas aufmerksam machen: Auf dem Lande sind wir Alle gleich; an Bord ist es nicht so. Sobald man die Gesetze beschworen hat, muß man sich denselben unterwerfen: wir haben nur Eine Strafe."

„Welche?"

„Den Tod! um einen Rückfall zu vermeiden. Aguirre, den ich seit langer Zeit kenne, steht mir für Dich ein, mit Leib und Seele: ein Verrath von Deiner Seite, würde nicht allein Deinen Tod nach sich ziehen, sondern auch den seinigen, unter uns heißt es: wer bürgt, bezahlt. Also überlege wohl, bevor Du annimmst, Du bist noch frei und kannst Dich zurückziehen, wenn unsere Bedingungen Dir zu hart erscheinen; wenn Du aber einmal Dein Wort gegeben hast, würde es zu spät sein."

„Ich nehme es an," antwortete er mit fester Stimme, ohne zu zögern.

„Das nenne ich gut gesprochen; aber Du bist jung, ich will Dich nicht beim Wort nehmen; finde Dich heute Abend um sieben Uhr an Bord ein; beendige bis dahin Deine Geschäfte, dann magst Du die Gesetze lesen und wenn Du nach dem Lesen Dich noch immer anwerben lassen willst, nun gut! so wird es abgemacht sein und Du wirst zweiter Lieutenant am Bord."

„Alle meine Geschäfte sind beendet, Capitain, ich brauche nicht nach Vera-Cruz zurückzukehren. Aguirre kann mir meinen Koffer und meine Waffen holen."

„Du gefällst mir, Du bist ein hübscher Bursche; so komm denn, da Du es so willst."

Die Zigeuner des Meeres. I.

Sie stiegen wieder in das Boot, welches sie in wenigen Minuten an Bord der Brigg führte. Indessen geschah es nur mit einem geheimen Herzklopfen und nervösen Zittern, daß der junge Mann das Deck dieses Schiffes betrat, wo er von nun an unter jenen Männern leben sollte, die man ihm als Raubthiere bezeichnet hatte, welche nur von Mord und Raub lebten, ohne Glauben, ohne Gesetz und ohne Vaterland.

In derselben Nacht, gegen drei Uhr Morgens, lichtete der Caïman die Anker und stach in See, er führte den Lieutenant Martial und den Hochbootsmann Aguirre, die beiden neuen Angeworbenen, mit sich.

Der Capitain Bent-en-Panne hatte die Richtung nach Saint-Domingo eingeschlagen; seine Kreuzung war beendet und er kehrte nach Port-de-Paix zurück.

VII.

Die Rettung.

In dem Augenblick, wo die drei Seeleute, Philipp an der Spitze, aus dem gekrönten Lachs herausstürzten, bot sich ihren Blicken plötzlich ein furchtbares Schauspiel dar, welches sie fast vor Entsetzen zurückweichen ließ. Von einem Ende des Horizontes bis zum andern war der Himmel Ein Feuermeer, das unaufhörlich von grünlichen Blitzen durchzuckt wurde. Der Donner rollte ohne Aufhören mit furchtbarem Getöse, der Regen floß in Strömen, das Meer, ein weißer Schaum, überschwemmte mit betäubendem Lärm seine Ufer, der Wind pfiff wüthend durch die Häuser, daß sie krachten, hob die Dachwerke ab, entwurzelte die Bäume und bog sie wie Strohhalme nieder.

Pferde und Rinder, die aus den Ställen entflohen waren, liefen brüllend hin und her.

Der Orkan, welcher seit dem Morgen drohte, brach endlich mit Wuth und unwiderstehlicher Gewalt hervor.

Die in aller Eile nach dem Ufer eilenden Abenteurer fühlten sich, ungeachtet ihrer unbestrittenen Tapferkeit,

dennoch vor Furcht erbeben, und bald hier bald dort
hin in den unsichern Schutz der Felsen flüchtend, blieben
sie muthlos, um gegen dies furchtbare Unwetter zu
kämpfen, welches sich über ihre Stadt entlud und sie
umzustürzen drohte.

Um das Entsetzliche dieses Schauspiels noch zu
vermehren, folgten Licht und Dunkelheit mit einer
solchen Schnelligkeit auf einander, daß es unmöglich
war, etwas deutlich zu unterscheiden, und selbst die
nahesten Gegenstände verschwanden plötzlich, um im
nächsten Augenblicke wieder zu erscheinen, aber stets in
einem röthlichen Nebel gehüllt, welcher ihre Formen
veränderte und über ihre Lage und wirkliche Entfernung
täuschte. Kurz, es war ein furchtbares Chaos, in
welchem Himmel, Erde und Meer sich in eine furchtbare Wasserfluth verwandeln zu wollen schien.

Indessen, sobald der erste Augenblick der Ueberraschung vorüber war, hatte sich Philipp, unterstützt
von Pitrians und Peter, die, entschlossen, ihn nicht zu
verlassen, ihm auf den Fersen gefolgt waren, in die
Menge der Abenteurer gemischt und mit Hülfe von
Bitten und Drohungen war es ihm gelungen, einige
fünfzig entschlossene Männer um sich zu sammeln, welche
durch sein Beispiel begeistert schwuren, ihm zu gehorchen,
und auszuführen, was für das allgemeine Wohl zu thun,
er ihnen befehlen würde.

So groß die Gefahr war, welcher die Bewohner
ausgesetzt waren, so war dieselbe dennoch nichts im

Vergleiche zu der des auf der Küste festsitzenden Schiffes, welches bereits mehrmals Nothschüsse abgefeuert hatte, um Hülfe herbeizurufen.

Auf dieses Schiff hin richtete Philipp entschlossen seine Anstrengungen.

„Matrosen!" sagte er zu denen, die ihn begleiteten, „eins unserer Schiffe befindet sich im Fahrwasser, mehre unsrer Brüder sind in Lebensgefahr, wollen wir sie wie elende Gavachos sterben lassen, ohne zu versuchen, sie zu retten?"

„Nein! nein!" riefen einstimmig die Küstenbrüder. „Zu dem Schiffe! Zu dem Schiffe!"

„Laßt uns zunächst Gewißheit darüber erlangen, wo es sich befindet," antwortete Philipp. „Folgt mir."

Sie liefen nun an dem Ufer hin, so weit es ihnen die wüthenden Wogen erlaubten.

Die Abenteurer gehen niemals unbewaffnet aus. Diese hatten daher ebenfalls ihre Flinten bei sich. Philipp befahl ihnen, sämmtlich ihre Waffen zu entladen.

Fast sogleich blitzte ein Lichtschein auf dem Meer, dem unmittelbar eine ziemlich starke Ladung folgte.

„Das Schiff ist in dem Ostviertel S. O.," sagte Philipp, „eine halbe Kabellänge höchstens von uns entfernt, in der Richtung der Schiffswerfte. Rasch leere Fässer, Taue, Bretter, Holz, Alles, was Ihr finden könnt', und Du, Peter, zünde in kurzen Entfernungen große Feuer an, wirf Theer hinein, damit die Flamme noch mächtiger wird."

Diese verschiedenen Befehle wurden mit merkwürdiger Schnelligkeit ausgeführt. Die dem allgemeinen Besten sich opfernden Männer schienen sich zu verdoppeln. Ueberdies hatten sich viele Abenteurer und Einwohner, durch deren Beispiel fortgerissen, mit ihnen vereinigt und wetteiferten in der Bemühung, die verlangten Gegenstände herbeizuschaffen.

Bald bedeckten mächtige Feuer das Ufer in einer Ausdehnung von mehr als einer Meile. Das Schiff bemerkte sie, denn von dem Augenblick an hörte es nicht auf, von Minute zu Minute Nothschüsse zu thun.

Der Sturm schien sich beschwichtigen zu wollen, der Wind war etwas schwächer geworden, die Blitze wurden weniger häufig und das Rollen des Donners ertönte dumpfer.

Während eines Minutenlangen Aufleuchtens eines Blitzes sah man plötzlich den Hauptmast eines großen Schiffes in geringer Entfernung von dem Ufer aus dem Nebel auftauchen, dann trat von Neuem Finsterniß ein und das kaum traumartig bemerkte Schiff verschwand plötzlich.

„Es ist der Caïman!" riefen die Abenteurer, „die Brigg Vent-en-Panne's und Montbars'! Man muß ihn retten!"

Sicherlich war dies ein den Männern, die ihn thaten, würdiger und schöner Entschluß, aber seine Ausführung war fast unmöglich.

Eine Stunde verfloß unter unnützen Versuchen, ein

Fahrzeug auf das heftig bewegte Meer vom Stapel zu
laſſen, da daſſelbe es ſogleich wieder auf das Ufer
zurückwarf.

„Eine Leine!“ rief Philipp plötzlich, „wahrlich!
man ſoll nicht ſagen, daß nicht Jeder unter uns bereit
ſei, fünfzig zu retten.“

Die Leine wurde gebracht, es war dies ein Finger-
ſtarkes, vierfaches, ſehr feſt gedrehtes Seil von vier-
hundert Klafter Länge. Philipp befeſtigte das eine
Ende deſſelben an ein ſtarkes Tau, worauf er das
andere Ende an ſeinen Gürtel knüpfte.

Faſt eben ſo ſchnell als er, hatten ſich Peter und
Pitrians ihrer Kleider entledigt.

„Bleib hier, Matroſe,“ rief Peter, „an mir iſt es,
dieſen verzweifelten Verſuch zu machen. Wenn ich
ſterbe, was wahrſcheinlich iſt, ſo wird mich Keiner außer
Dir betrauern.“

„Nein, Matroſe,“ erwiderte Philipp raſch, „dieſer
Gedanke kommt von mir, ich allein muß ihn ausführen.“

„Verzeiht, verzeiht,“ unterbrach ihn Pitrians, ſich
plötzlich einmiſchend, „ich bin nur ein Angeworbener,
deſſen Leben oder Tod Niemand etwas angeht, an mir
iſt alſo, den Verſuch zu machen.“

Die Debatte drohte ſich in die Länge zu ziehen.
Keiner der drei Männer ſchien geneigt, zurückzutreten.
Da miſchte ſich ein Vierter herein: es war Herr
von Ogeron.

„Kinder,“ ſagte er mit ſeiner wohlklingenden

Stimme, „die Handlung, welche Ihr beabsichtigt, ist kühn, sogar wagehalfig. Ihre Ausführung heißt Gott versuchen."

„Mein Onkel!" rief der junge Mann.

„Still, Kind, und laß mich ausreden," sagte er streng, „ich suche Euch nicht abzureden, ich weiß, daß dies vergeblich sein würde, allein, da Ihr Euch einmal opfern wollt . . ."

„Wir wollen es!" riefen sie einstimmig.

„Wohlan, so unternehmt es alle Drei, Ihr werdet Euch gegenseitig unterstützen; wenn zwei unterliegen, wird vielleicht der Dritte ankommen und auf diese Weise wird Eure Aufopferung nicht vergeblich gewesen sein."

„Gut," riefen die drei Männer freudig aus, „vortrefflich entschieden."

„Jetzt seid vorsichtig, ich übernehme es, das Seil allmählich nachzulassen; geht also mit Gottes Hülfe!"

Er umarmte sie der Reihe nach und wandte sich dann rasch ab, um eine Thräne zu trocknen, die unwillkürlich sein Auge näßte; denn dieser energische Mann, dieses Löwenherz, kannte die unermeßliche Gefahr, welcher sich sein Neffe und seine Gefährten aussetzten, aber er hielt sich nicht für berechtigt, ihren heroischen Entschluß zu verhindern.

Philipp, Peter und Pitrians schwammen wie Goldfische, überdies kannten sie das Meer aus langer Gewohnheit und mußten, wie sie mit demselben umgehen mußten, um nicht sein Spielball zu werden.

Nachdem sie einige Minuten leise mit einander gesprochen hatten, schritten sie an dem Ufer vorwärts.

Eine ungeheure weiße Schaumwelle wälzte sich ihnen in einer Höhe von zwanzig Fuß drohend entgegen.

In dem Augenblick, wo sie mit furchtbarem Getöse zwei Schritt von ihnen niederschlug und sich zurückzuziehen begann, stürzten sie sich hinein und ließen sich von ihr hinwegtragen.

Die am Ufer versammelte Menge stieß einen Schrei des Schreckens und der Bewunderung aus.

In einer gewissen Entfernung von dem Ufer angekommen, tauchten die Seeleute kühn unter und schwammen unter der zweiten Welle hin, die dem Ufer zurollte.

Indessen, so wohl berechnet ihre Bewegungen auch waren, hüllte sie dennoch, trotz ihrer unerhörten Anstrengungen, die Woge in ein furchtbares Leichentuch und riß sie mit sich fort.

Sie folgten dem gegebenen Antriebe, aber ihre Bemühungen wurden mit Erfolg gekrönt, schon wich die Woge wieder zurück und trug sie allmählich hinweg, so vermieden sie, auf den Kies geworfen zu werden.

„Muth, Brüder!" rief Philipp.

„Muth!" antworteten seine Gefährten.

Dann fand ein gigantischer Kampf der Intelligenz und Kaltblütigkeit gegen die brutale Gewalt statt.

Anderthalb Stunden behaupteten sich diese drei

Männer neben einander, mitten in dem furchtbarem Meere, welches sie nach allen Richtungen umher warf; wenn sie um einen Schritt vorwärts kamen, wichen sie um hundert Schritt wieder zurück; aber sie wurden nicht entmuthigt; zuweilen, wenn ihre Kräfte sie zu verlaffen drohten, ließen sie sich hinwegtragen, dann wieder, sobald sie dieselbe ein wenig zurückgekehrt fühlten, verdoppelten sie ihre Anstrengungen und verzweifelten niemals.

Der Sturm hatte übrigens sehr nachgelaffen; der Regen hatte aufgehört, die Finsterniß war weniger undurchsichtig geworden, so daß die Abenteurer ziemlich deutlich zu sehen vermochten, um sicher auf das Ziel zu lenken, nach welchem ihre Bemühungen hinstrebten.

Die drei Männer waren erschöpft, sie kämpften nur noch schwach gegen die Wogen, die, obwohl der Wind viel von seiner Heftigkeit verloren hatte, dennoch immer noch mächtig genug waren, da nach einem Sturm, zumal in der Nähe des Ufers, sich das Meer sehr langsam beruhigt.

Pitrians, der seinen Herrn nicht aus den Augen verlor, hatte sich ihm allmählich genähert, und in dem Augenblick, wo Philipp, als seine Kräfte ihn verließen, lautlos, um seine Gefährten nicht zu entmuthigen, untersank, tauchte er unter und hielt ihn über dem Waffer, indem er ihn nöthigte, seine beiden Hände auf seine breiten Schultern zu legen, und so trug er ihn fast gänzlich.

Halb ohnmächtig und beinahe bewußtlos nahm Philipp mechanisch diese letzte Hülfe an, ohne sich auch nur selbst der Ergebenheit seines Angeworbenen bewußt zu sein.

Plötzlich bemerkten die Schwimmer das Schiff in geringer Entfernung vor sich.

Es hatte nur noch die kleinen Masten, die Raaen des Fockmasts waren auf die Loffs gerefft, es lag an vier Ankern, schwankte furchtbar und hob und senkte sich entsetzlich bei jedem Wellenschlage, den es bald von vorn, bald von der Seite empfing.

Indessen schien die Mannschaft des Schiffes nicht verzweifelt zu sein, man hörte deutlich die Pfeife des Hoch- bootsmanns den Gebrauch des Takelwerks commandiren und den tactmäßigen Gesang der Matrosen an dem Kabelbaum.

Plötzlich erfaßte es eine ungeheure Welle an der Steuerbordseite, hob es hoch in die Höhe und ließ es mit furchtbarem Getöse niederfallen.

„Wir treiben!" rief die Schiffsmannschaft einstimmig.

In der That hatten sich die beiden Anker des Vor- dertheils gelöst, ihre Kabel waren mit einem Schlage zerrissen und das Schiff trieb der Küste zu, indem es seine hinteren Anker mit fortschleifte.

Da tauchten plötzlich drei halbnackte Männer, furcht- bar anzuschauen, aus dem Meere auf.

Der Erste stürzte sich auf das Steuerruder, während die beiden Anderen, einander umschlungen, wie todt auf das Verdeck fielen.

„Wir sind verloren!" riefen die Seeleute angstvoll aus.

„Ihr seid gerettet!" antwortete eine rauhe und stark
accentuirte Stimme.

„Peter Legrand!" rief Vent-en-Panne freudig aus,
„Gott schickt Dich, Bruder! Wie kommst Du hierher?"

„Ueber Bord, natürlich!" entgegnete er lachend,
„wir schwimmen schon seit zwei Stunden, um Euch zu
erreichen, aber jetzt ist keine Zeit zum Plaudern; suche
Philipp und Pitrians, sie sind dort irgendwo auf das
Deck gefallen; Philipp trägt eine Schiffsleine; laß die
ganze Mannschaft mit doppelten Kräften treideln, tausend
Teufel! Wenn Ihr nicht ersaufen wollt; ich bleibe am
Steuerruder, sei unbesorgt deshalb."

Vent-en-Panne ließ sich dies nicht wiederholen; er
begann die beiden Abenteurer zu suchen, diese aber
hatten sich schon wieder aufgerichtet und gelangten allmählich wieder zum Bewußtsein.

Man löste das an den Gürtel des jungen Mannes
befestigte Schiffsseil und die Mannschaft des Caïman,
den Capitain an der Spitze, begann kräftig zu treideln:
sie erkannten, daß dies ihre letzte Rettung sei.

Indessen waren auf Befehl Peter's, der das Com-
mando des Schiffes nun ganz übernommen hatte, die
Raaen gehißt worden und der Fockmast an den unteren
Ringen der Segel angelegt, um vor dem Wetter zu
fliehen und das Schiff ein Wenig wieder zu heben; die
Kabeltaue des Hintertheils waren abgeschnitten worden,

das Schiff war also seinem einzigen Antriebe überlassen.

„Nun!" rief Bent-en-Panne.

„Wie steuern, Bruder, sei unbesorgt;" antwortete
Peter.

Die Brise hatte sich vollständig gelegt; man mußte
von Neuem den Fockmast einbinden. Das Schiff war
also wieder ohne Segel, aber die größte Gefahr war
vorüber, bald konnte man wenden.

Ein Theil der Schiffsmannschaft, jetzt frei geworden,
konnte nun an die Arbeit gehen, einen anderen Anker
vorzubereiten, den letzten, der an Bord blieb.

„Wohin führst Du uns, Matrose?" fragte Bent-en-
Panne Peter Legrand.

„Du siehst es," entgegnete dieser; „die Woge treibt
uns auf die Schiffswerfte; das Meer ist für uns. Die,
welche am Lande sind, haben das Tau an drei Pfähle
befestigt. Wenn wir die Landspitze umsegeln können,
wie ich hoffe, werden wir die Anker acht Klafter tief
in den Meeresgrund auswerfen und vollkommen geschützt sein."

„Ohne Dich waren wir verloren, Bruder."

„Geh doch, Du scherzest; überdies ob gut oder
schlecht, ist die Idee nicht von mir, sondern von meinem
Matrosen, ich bin ihm nur gefolgt."

„Gut, ich werde Euch allen dreien meine Schuld
bezahlen, denn dieser brave Pitrians ist auch gekommen."

„Wahrhaftig! Das glaube ich wohl: ohne ihn

würde Philipp nicht hierhergelangt sein; er hat ihn in dem Augenblick des Ertrinkens mit eigener Lebensgefahr gerettet."

Der Tag fing an zu grauen. Man bemerkte auf dem Ufer eine Menge Männer und Frauen, die freudig in die Hände schlagend, den Ankommenden entgegenjubelten und mit lautem Geschrei Hüte und Mützen in die Luft warfen; aber die Rettung war noch nicht beendet, wie Jeder glaubte.

Plötzlich stürzten die Matrosen, welche die Segel nach dem Winde richteten, um, die Schiffsmannschaft stieß einen Schrei der Verzweiflung aus, das Tau war soeben zerrissen.

„Still!" rief Peter's mächtige Stimme; „nimm das Steuerruder, Vent-en-Panne."

Vent-en-Panne gehorchte.

Peter Legrand stieg auf die Steuerbordswache.

„Nun?" fragte er.

„Wir kommen von der rechten Fahrt ab,"' erwiderte der Capitain.

„Ich weiß es wohl, zum Kukuk! Richte das Steuer ganz nach dem Winde, so! Gut, gehorcht es?"

„Ja, ein wenig."

„Gut, immer nach dem Winde!"

Und sich zu der Schiffsmannschaft wendend, sagte er:

„Haltet Euch bereit, den Anker auszuwerfen."

Man hätte den keuchenden Athem aller jener Männer vernehmen können, so tief war die Stille.

„Aufgepaßt!" schrie Peter; „das Steuer ganz unter den Wind!"

Das Schiff nahm langsam wieder den richtigen Weg.

Peter folgte aufmerksam den Wendungen des Schiffes.

„Werft den Anker aus!" schrie er plötzlich.

Der Anker fiel in den Grund.

Es herrschte einen Augenblick angstvolles Schweigen. Das Schiff fuhr fort, schnell nach der Küste zu treiben, seine Schnelligkeit verminderte sich allmählich. Endlich hielt es still, dann drehte es sich langsam um sich selbst, indem es endlich das Vordertheil dem Windstriche darbot.

Der Anker hielt, das Schiff war gerettet.

Die Schiffsmannschaft ließ ein freudiges Vivat er-schallen, dem das Jauchzen vom Ufer antwortete.

Uebrigens war es Zeit, daß das Schiff hielt. Es befand sich höchstens fünfzig Klafter von den Felsen entfernt.

„Es wäre schade gewesen das berühmte Fahrzeug Angesichts des Hafens untergehen zu sehen, mein alter Bruder," sagte Peter.

„Montbars war es, der es bauen ließ," versetzte Vent-en-Panne, „und er versteht sich darauf."

———

VIII.

Die Vorstellung.

Zu der Zeit, wo unsere Erzählung uns von Neuem in den Gasthof zum gekrönten Lachs führt, das heißt gegen Mittag, stand Meister Kornic, der Eigenthümer des genannten Etablissements betrübt auf der Schwelle seiner Thür und betrachtete mit bestürzter Miene die unersetzlichen Zerstörungen, welche der Sturm der vergangenen Nacht angerichtet hatte.

Der würdige Gastwirth hatte sich sorgfältig in seinem verbarrikadirten und fest verriegelten Hause gehalten, und die Nacht in Schweiß gebadet und zitternd vor Furcht zugebracht, so daß das Schauspiel, welches er in diesem Augenblicke vor Augen hatte, ihn nicht allein in Erstaunen setzte, sondern ihn auch erschreckte, als er an die schreckliche Gefahr dachte, der er sich ausgesetzt haben würde, wenn er sich nicht vorsichtig in seine Wohnung eingeschlossen gehalten hätte.

Es schlug halb Eins, fast in demselben Augenblicke traten fünf bis sechs Seeleute ein, oder drängte sich vielmehr mit solchem Ungestüm in das Wirthshaus, daß

Meister Kornic gestoßen und beinahe von ihnen umge-
worfen worden wäre.

Indessen zeigte er kein böses Gesicht, im Gegentheil, er brach in ein lautes Gelächter aus und indem
er mühsam sein Gleichgewicht wieder erlangte, sagte er
zu einigen hungerigen Burschen die im Saale wie
Schatten umherschlichen.

„Nun, rasch, bringt Wein für diese Herren!"

Die besagten Herren waren lustige Brüder mit
Galgengesichtern und rohen Geberden, deren Kleidung
in Fetzen hing, deren Taschen aber bei jeder Bewegung
ihrer Eigenthümer einen ganz erfreulichen, silberartigen
Klang hören ließen.

Meister Kornic hatte sich in Bezug auf die Neuan-
gekommenen nicht getäuscht; als er sie erblickte, hatte er
sich freudig die Hände gerieben und zwischen seinen
Zähnen gemurmelt:

„Gut, das sind die Caïmans, die anzulegen beginnen, nun wollen wir lachen."

Die Matrosen hatten an einem Tische Platz genommen und zu trinken begonnen, während sie aus
vollem Halse schrieen und Alle zugleich sprachen.

Nach Diesen kamen Andere, dann noch Andere, so
daß eine Stunde später der Saal mit Trinkern angefüllt war und ein Lärm und Beifallsrufen sich hören
ließ, daß man kein Wort hätte verstehen können.

Mehr als hundert und fünfzig Abenteurer waren
also in einem Raume vereinigt, in dem höchstens einige

sechszig bequem sich hätten aufhalten können, aber sie hatten sich, nach ihrem malerischen Ausdruck so klug um die Tische geschlichtet, daß in der Mitte des Saales noch ein genügender Raum für den Wirth und seine Kellner übrig blieb.

Diese liefen unaufhörlich von Einem zu Andern und wußten nicht, auf wen sie hören sollten.

Meister Kornic entkorkte selbst die Flaschen und verschmähete es nicht, die Gläser seiner Kunden zu füllen.

Bald wurde die Menge im Saale so groß, daß, wie ein Meer, welches steigt, die Woge der Gäste, nachdem sie allmählich bis in den Hintergrund zurückwich, austrat und in die angrenzenden Gemächer strömte.

Martial und Meister Aguirre, noch wenig gewöhnt an die etwas excentrische Weise der Abenteurer, — wenigstens der Erstere — hatten sich mit großer Mühe Bahn gemacht und es war ihnen gelungen, sich so gut wie möglich an dem äußersten Ende eines langen Tisches niederzulassen, um welchen bereits ein Dutzend Freibeuter saßen, die mit vom Wein geröthetem Gesicht, die Pfeife zwischen den Zähnen, Würfel spielten um Hände voll Gold, welches sie unaufhörlich, ohne zu zählen, aus der Tiefe ihren Taschen hervorzogen.

Martial beobachtete neugierig das seltsame Schauspiel, welches er vor Augen hatte, indem er, ungeachtet der Bemerkungen seines Gefährten, sein volles Glas stehen ließ, ohne daran zu denken, dasselbe zu leeren.

Indessen nahm die Heiterkeit immer mehr zu, der

Wein und Branntwein erhitzten die Köpfe, wüthendes Geschrei begann sich mit dem Gelächter und den lustigen Gesängen zu mischen, hier und da ließen sich Zank und Streit vernehmen, welchen Kornic und seine Burschen immer schwieriger zu unterdrücken vermochten.

Mittlerweile trat ein großer und schöner junger Mann von höchstens sieben- bis achtundzwanzig Jahren mit hochmüthigen Zügen, spöttischer Physiognomie und leichtem, gefälligen Gang in den Saal.

Dieser Neuangekommene war mit einer außerordentlichen Eleganz gekleidet; eine Fanfaronne*) von feinem Golde umgab seinen mit kostbaren Federn geschmückten, herausfordernd auf das Ohr gesetzten Hut. Seine rechte Hand, weiß und aristokratisch, und fast in kostbaren Spitzen vergraben, ruhte auf dem Stichblatt seines Degens.

Als er eintrat, blickte er stolz um sich, als suche er Jemanden, dann schritt er entschlossen auf den Tisch zu, wo Martial und Aguirre saßen, indem er alle Diejenigen, die ihm den Weg versperrten, unsanft fortschob; wir müssen ihnen jedoch die Gerechtigkeit widerfahren lassen, daß sie sich beeilten, seiner ersten Aufforderung Folge zu leisten und sich entfernten.

Bei dem Tische angekommen, neigte sich der junge Mann über die Spieler.

„He!" sagte er, „man amüsirt sich hier, scheint mir; wahrhaftig! ich möchte dabei sein."

---

*) Man nennt so eine schwere goldene Kette, welche die reichen Abenteurer am Hute tragen. G. Aimard

„Ah! ah!" entgegneten mehre Abenteurer freudig den Kopf aufhebend, „da bist Du ja, Chevalier, sei willkommen!"

„Seit wann bist Du hier?" fragte ein Anderer.

„Seit einer Stunde. Ich habe mein Schiff im Hafen Margot gelassen und nun bin ich hier."

„Bravo! Hast Du eine gute Expedition gemacht?"

„Ei! sind die Gavachos nicht unsere Banquiers?" entgegnete er lachend.

„Also bist Du reich?"

„Wie vier Generalpächter."

„Dann kommst Du gerade zu rechter Zeit, der Augenblick ist günstig, um einen Pasch zu machen," bemerkte einer der Spieler. „Dieser Dämon von Nantese hat geschworen, uns auf's Trockene zu setzen. Schau, mein schöner Capitain, was er vor sich hat."

„Bah!" meinte der Nantese, mit lautem Lachen, indem er nachlässig das vor ihm aufgehäufte Gold ausbreitete, „das ist noch nichts, ich hoffe es noch zu verdreifachen."

„Das wollen wir sehen, mein Bursche," antwortete der junge Mann, welchem man den Titel Chevalier und Capitain beigelegt hatte.

„Wann trittst Du ein, Capitain?" fragte der Nantese wieder.

„Ei, sogleich!" entgegnete dieser, und indem er die Hände leise auf Martial's Schulter legte, sagte er zu ihm: „überlaßt mir diesen Platz, Kamerad."

Der junge Mann schauderte bei dieser Berührung, aber er rührte sich nicht. Der Capitain wartete einen Augenblick.

„Ah!" wiederholte er, indem er abermals die Hand auf Martial's Schulter legte, aber diesmal mit stärkerem Druck, „seid Ihr taub, Kamerad?"

Martial drehte sich halb zu ihm herum und blickte dem Sprecher in's Gesicht.

„Nein," antwortete er.

„Gut," meinte der Capitain, indem er seinen Schnurrbart strich, „Ihr seid nicht taub? Das freut mich Euretwegen, aber da es so ist, weshalb steht Ihr nicht auf?"

„Weil es mir wahrscheinlich nicht beliebt," entgegnete Martial trocken.

„Wie?" fragte der Capitain, dessen Augenbrauen sich zusammenzogen, „dies ist allerdings noch seltsamer, so daß ich es nicht vermuthete."

„Glaubt Ihr?"

„Wahrhaftig!" und sich zu den Matrosen wendend, die durch den Streit herbeigezogen, sich hinter ihn gestellt hatten, sagte er: „Macht die Thür frei! Weil," fuhr der Capitain mit höflich spöttischem Tone fort, „wenn Ihr nicht aufsteht, ich Euch hinaus werfen muß, lieber Herr."

„Ihr seid ein Narr!" versetzte verächtlich die Achseln zuckend der junge Mann, indem er sein Glas leerte.

Der unwillkürlich durch diese entschlossene Haltung überraschte Capitain betrachtete den Sprecher einen Augenblick mit neugierigem Erstaunen.

„Hört," ſprach er zu ihm, „ſeid kein Kind, junger
Mann, „ich ſehe, daß Ihr offenbar nicht wißt, mit wem
Ihr es zu thun habt."

„Ich weiß es in der That nicht," antwortete Martial, „und ich kümmere mich auch ſehr wenig darum.
Man nennt Euch Capitain und giebt Euch den Titel
Chevalier, das ermächtigt Euch nach meiner Meinung
keineswegs, grob gegen mich zu ſein."

„Ah! ah!" ſpottete der Andere, „ſo wißt denn,
mein Herr, ich bin der Chevalier de-Grammont."

„Ich kenne keinen Chevalier de-Grammont und ich
wiederhole Euch, daß mir dies ſehr gleichgültig iſt."

Bei dieſen deutlich und ſtolz ausgeſprochenen Worten lief ein Schreckensſchauder durch den ganzen Saal.

Der Chevalier de-Grammont*) mit herkuliſcher
Kraft und unvergleichlicher Geſchicklichkeit in Führung
der Waffen begabt, war von allen jungen Männern gefürchtet, die dennoch ſich mit Recht ſchmeichelten, daß
ſie keine Furcht kannten, die aber bei manchen Gelegenheiten ihn Beweiſe übermenſchlicher Kraft und wilden
Muthes hatten geben ſehen.

„Wohlan, mein Freund," fuhr langſam der Chevalier
fort, indem er ſeinen Hut abnahm und ihn auf einen
Tiſch legte, „da ich Euch meinen Namen und Titel
geſagt habe, ſo bleibt mir nichts weiter übrig, als Euch

---

*) Er hieß wirklich ſo und gehörte zu jener alten Familie.
G. Aimard.

zu lehren, weſſen ich fähig bin, und dies ſollt Ihr, bei Gott, bald erfahren."

Martial erhob ſich bleich und ruhig.

„Nehmt Euch in Acht," ſagte er zu ihm, „Ihr habt keine Veranlaſſung, mit mir Streit anzufangen, wir ſind einander unbekannt und Ihr habt mich ohne Grund beleidigt. Ich will dies vergeſſen, noch iſt es Zeit, entfernt Euch, denn ich ſchwöre bei Gott, daß meine Geduld zu Ende iſt und ich Euch, wenn Eure Hand mich anrührt, vernichten werde, wie ich dieſes Glas zerbreche."

Und damit ſchleuderte er das Glas, welches er in der Hand hielt, von ſich, daß es klirrend zerbrach.

Die Abenteuerer brachen in ein homeriſches Ge- lächter aus.

„Bravo!" ſagte der Capitain mit ſpöttiſcher Miene, „ſehr gut gepredigt, auf meine Seele, aber es langweilt mich, nun, macht Platz!"

Er ſtürzte ſich raſch auf den jungen Mann.

Dieſer überwachte alle Bewegungen des Chevaliers, er ſprang zur Seite, ein Blitz leuchtete in ſeinem Auge auf, und wie ein Tiger auf ſeinen Gegner eindringend, ergriff er ihn am Genick und am Gürtel, balancirte ihn einen Augenblick über ſeinem Kopf, trotz deſſen verzweifelten Anſtrengungen, ſich los zu machen, und ſchleuderte ihn dann auf die Straße, wo er wie eine Maſſe niederfiel.

Nachdem er den erſtaunten Abenteurern dieſen Be-

weis seiner wunderbaren Kraft gegeben hatte, lehnte der
junge Mann sich nachlässig gegen einen Tisch und kreuzte
die Arme über die Brust.

Aber fast augenblicklich hatte sich der Chevalier wieder
erhoben und eilte mit dem Degen in der Hand und
wüthendem Geschrei in den Saal zurück.

Er war leichenblaß; ein blutiger Schaum zeigte sich
in den Winkeln seiner zornig zusammen gekniffenen
Lippen.

„Sein Leben! Ich muß sein Leben haben!"
rief er.

„Ich bin ohne Waffen; wollt Ihr mich ermorden?"
antwortete spottend Martial, ohne eine Bewegung zu
machen, um dem Schlage auszuweichen, von dem er
bedroht war.

Der Capitain blieb stehen.

„Das ist wahr," murmelte er mit erstickter Stimme,
„indessen er muß sterben! Man gebe ihm einen Degen,
einen Dolch, einerlei was."

„Ich will mich jetzt nicht schlagen," versetzte der
Andere kalt.

„Oh! er hat Furcht, der Feigling!" rief der
Chevalier.

„Ich habe weder Furcht, noch bin ich ein Feigling,"
erwiderte dieser, „allein ich habe Mitleid mit Euch;
wenn wir uns schlügen, würde ich Euch tödten, denn
der Zorn macht Euch trunken und blendet Euch."

In diesem Augenblick trat eine neue Persönlichkeit,

die bei dem durch diesen Streit hervorgebrachten Tumult in Gesellschaft mehrer Personen unbemerkt hereingekommen war, rasch vor und klopfte den Capitain auf die Schulter.

Dieser wandte sich um, als hätte eine Schlange ihn gebissen; aber bei dem Anblick des Unbekannten, der kalt und würdig vor ihm stand, sank seine Erregtheit plötzlich, und die Spitze seines Degens neigend, murmelte er, obwohl ein nervöses Beben seinen ganzen Körper bewegte, mit erstickter Stimme:

„Montbars!"

Es war in der That der berühmte Freibeuter. Er freute sich einen Augenblick seines Triumphes über diese unbezähmbare Natur, dann nahm er das Wort, und sagte mit eindringlicher Stimme:

„Dein Gegner hat Recht, Du bist nicht in einem Zustande, um Dich zu schlagen."

„Ah!" entgegnete dieser unwillig, „auch Du bist gegen mich?"

„Du bist thöricht," erwiderte Jener unmerklich die Achseln zuckend, „ich will Dich nur verhindern, eine Dummheit zu begehen."

Bei dem Anblick Montbars' waren die Abenteurer ehrerbietig zurückgetreten, indem sie einen breiten leeren Raum in der Mitte des Saales ließen.

„Dieser Mann hat mich beschimpft, er muß sterben!" wiederholte der Capitain, wüthend mit dem Fuße stampfend.

Marthal trat zwei Schritte vor.

„Mein Herr" sagte er mit würdevollem Ausdruck, welcher alle Zuschauer dieser seltsamen Scene überraschte, „Ihr habt mich erst durch die brutale und grobe Beleidigung mit der Ihr mich beschimpfen wolltet, ist habe mich nur vertheidigt, einer Ehre und meiner ... Haltung ..., ich empfinde ... Euch weder Zorn noch Aerger; ich halte ... und dies sage ich laut vor der Welt, für einen ...: was zwischen uns vergefallen, hat nichts ... ; ich bin geschickter gewesen, als Ihr, weil ich ruhiger war; das ist Alles."

Während der junge Mann also mit sanfter, weil... Stimme sprach, betrachtete ihn Merkbart auf... seine strengen Züge nahmen einen wohl... Ausdruck an, und sobald jener schwieg, murmelte ... er den Capitain anblickte:

Das ist gut gesprochen, was denkst Du davon, ... ist er nicht ein braver Bursche?"

... Capitain blieb einen Augenblick unbeweglich, ... auf den Boden geheftet, von einer Bewegung ... trotz aller seiner Selbstbeherrschung ... vermochte; endlich hob er den ... in die Höhe, eine fieberhafte Röthe färbte ... und sich von dem vor ihm stehenden jungen ... verbeugend, sagte er:

... bei Gott! Ihr seid ein braver Bursche und ... ist ein edles Herz; was mich anbetrifft, so

bin ich ein wildes Thier, — ich habe die rauhe Lehre verdient, die Ihr mir gegeben habt; verzeiht mir also, mein Herr, ich erkenne mein Unrecht an."

„Mein Herr, das ist zu viel," antwortete Martial.

„Nein, mein Herr, es ist gut so, im Gegentheil," sprach Montbars.

„Nun, eine letzte Gnade, mein Herr," fing der Capitain wieder an.

„Ich stehe zu Diensten, mein Herr."

„Bewilligen Sie mir die Ehre, den Degen mit mir zu kreuzen."

„Mein Herr . . . ."

„Oh! schlagen Sie es mir nicht ab, ich bitte Sie darum, mein Herr," sagte er dringend; „ich empfinde keinen Zorn gegen Euch, aber meine Ehre fordert, daß Ihr mir diese Genugthuung gewährt; und wäre es auch nur," fügte er mit trübem Lächeln hinzu, „um den Staub, mit dem meine Kleider bedeckt sind, zu entfernen."

„Ihr seht, ich bin ohne Waffen."

„Allerdings, mein Herr," sagte Montbars, indem er seinen Degen aus der Scheide zog und ihm denselben reichte, „wollen Sie sich meines Degens hier bedienen, der Capitain hat Recht, Sie werden ihm die Genugthuung, um die er bittet, nicht verweigern."

„Ich denke es nicht zu thun, mein Herr, ich nehme Euern Degen an; aber wo werden wir uns schlagen?"

„Hier auf diesem Platze, wenn Ihr es so wollt,“ sagte der Capitain.

„Es sei, mein Herr.“

Die beiden Gegner legten ihre Wämmser ab und zogen den Degen.

Der Saal des Wirthshauses bot in diesem Augenblicke einen seltsamen Anblick.

Die Abenteurer waren zu beiden Seiten allmählich zurückgewichen und, um den Kämpfenden mehr Platz zu lassen, auf die Tische gestiegen, während sie ein tiefes Schweigen beobachteten, aber angstvoll blickte Einer über die Schulter des Andern, um besser dem Ausgange des Duelles folgen zu können.

Nachdem die Gegner sich höflich vor einander verbeugt hatten, zogen sie den Degen.

Bei den ersten Gängen, erkannten die Anwesenden, daß die beiden Männer eine außerordentliche Kraft besaßen. Ungeachtet der Raschheit der Stöße und Finten des Capitains blieb Martial unbeweglich, als wäre er auf dem Platze, den er eingenommen hatte, festgenagelt gewesen; seine Faust schien von Eisen.

Seinerseits setzte der Chevalier de-Grammont, der geübt in allen Leibesübungen und dessen natürliche Kraft noch durch die Schmach seiner ersten Niederlage erhöht war, seinem Gegner einen unerschütterlichen Widerstand entgegen.

Der Capitain hatte alle seine Kaltblütigkeit wiederlangt und handhabte mit einer Eleganz und

außerordentlichen Geſchicklichkeit wie ſpielend ſeinen
Degen.

Zwei bis drei Minuten verfloſſen in lautloſer
Stille in dieſem, dennoch von Menſchen angefüllten
Saale, kein anderes Geräuſch als der keuchende Athem
der beiden Gegner und das unheimliche Klirren der
gegen einander treffenden Eiſen ließ ſich vernehmen.

Montbars ſchien vielleicht von ſämmtlichen Zu-
ſchauern allein die Ueberlegenheit von Martial's leichtem
und zugleich vorſichtigen Spiel über das des Capitains
zu errathen.

Einmal, als der Capitain auslegte, parirte Martial
und ſtieß ſo geſchickt und ſchnell nach, daß, wenn er
das Eiſen nicht zurückgehalten hätte, er den Capitain
durchbohrt haben würde.

Unwillkührlich durch dieſe Scene intereſſirt, folgte
Montbars, der die Art des jungen Mannes zu kämpfen
nicht kannte, mit Angſt, die ſich auf ſeinem Geſichte
malte, allen Entwickelungen dieſes ſeltſamen Duells:
er fragte ſich innerlich, wie das enden würde, als
plötzlich der Capitain einen Schritt zurücktrat und, ſeinen
Degen ſenkend, ſagte:

„Ihr ſeid verwundet?“

„In der That,“ antwortete Martial, indem er Grammont's Bewegung nachahmte.

Die Degenſpitze des Chevaliers hatte ihm die Schulter geſtreift, aus welcher einige Blutstropfen hervor-
quollen.

„Meine Herren, dann ist es genug," sagte Montbars, indem er sich zwischen sie stellte.

„Ei!" meinte der Capitain, „es ist keineswegs meine Absicht, von Neuem zu beginnen, ich erkenne mich für doppelt geschlagen; der Herr hat sich verschworen, die alleinige Ehre dieses Kampfes zu haben, wenn er gewollt hätte, würde er mich zehnmal getödtet haben."

„Oh! mein Herr," fiel ihm der junge Mann in's Wort.

„Bah!" entgegnete Jener heiter, „ich lasse mich nicht täuschen durch Eure Wunde, ich bin nur ein Schüler neben Euch; hier ist meine Hand, mein Herr, Ihr könnt sie offen drücken, es ist die eines Freundes."

„Ich nehme sie mit Freuden an, mein Herr;" erwiderte Martial; „glaubt mir, daß mir nichts ein größeres Vergnügen verursachen würde."

„Nun, nun," lachte Montbars, „Du bist mehr glücklich als klug gewesen, mein tapferer Grammont; der Herr ist ein sehr galanter Mann, Du hast Dich nicht getäuscht; er würde Dich gewiß getödtet haben, wenn er gewollt hätte."

„Ich beschwöre Euch, sprechen wir nicht weiter davon," bat lächelnd der junge Mann.

„Im Gegentheil, sprechen wir darüber," fing der Capitain von Neuem mit rauher Freimüthigkeit an; „ich bin ein grober Mensch, ich wiederhole, daß ich dieser Lehre bedurfte; aber seit unbesorgt, Kamerad, ich werde mich daran erinnern. Welches Unglück, daß ein so angenehmer Gefährte wie Ihr, nicht auch Seemann ist."

„Verzeihung, Herr, ich bin es."

„Wirklich, Ihr seid Seemann?" fragte er erfreut.

„Gewiß," mischte sich Bent-en-Panne; der das ganze Gespräch gehört und sich genähert hatte, hinein; „und der Beweis dafür ist, daß dieser Herr mein Seconde-Lieutnant ist; ihm verdanke ich zum Theil die Rettung meines Schiffes."

„Bei Gott! Das trifft sich herrlich!" rief der Capitain; „wenn es Euch recht ist, so wollen wir vereint an der Küste segeln, und jenen Bösewichtern, den Gavachos manchen guten Streich spielen."

„Aber erlaubt einen Augenblick," bemerkte Bent-en-Panne, „laßt ihn mich wenigstens Montbars vorstellen. In dieser Absicht hatte ich ihn gebeten, sich hierher zu begeben."

„Wahrlich er hat sich selbst vortrefflich vorgestellt," erwiderte lachend der Freibeuter; „jetzt, mein alter Matrose, bedarf er Deiner nicht mehr, denn ich bürge für ihn."

Geschmeichelt durch dieses zarte Lob, verneigte sich Martial vor Montbars, indem er vor Vergnügen und Stolz erröthete.

IX.

Die Küstenbrüder.

War es in Folge geheimer Beweggründe, oder eines im Voraus gefaßten Entschlusses, daß in den eben berichteten Ereignissen Martial eine so feste und entscheidende Haltung bewahrt hatte?

Wir vermöchten dies nicht mit Gewißheit zu beantworten. Vielleicht hatte der von Natur tapfere und hochmüthige junge Mann sein Blut bei der so unerwarteten groben Beleidigung sich erhitzen gefühlt und sich wider Willen zu gerechtem Unwillen hinreißen lassen; vielleicht auch zeigte er einen viel heftigeren Zorn, als er ihn in Wirklichkeit empfand, und ergriff so mit Eifer die ihm durch den Zufall so günstig dargebotene Gelegenheit, um sich gleich mit dem ersten Schlage unter den Abenteurern — den so feinen Kennern in dieser Beziehung — als entschlossenen Mann zu zeigen, den Nichts einzuschüchtern vermochte und der außerdem — eine sehr beachtenswerthe Sache bei solchen Gefährten — mit einer ungewöhnlichen Muskelkraft begabt war.

Wenn dies in der That seine Absicht war, so überstieg der Erfolg seine Erwartung; die Abenteurer,
welche anfangs mitleidig über ihn gelächelt hatten, als
sie ihn den Kampf annehmen sahen, den einer ihrer
gefürchtesten Kämpen ihm anbot, hatten ihre Meinung
vollständig geändert, seitdem sie ihn in Thätigkeit gesehen; sie betrachteten ihn jetzt nur noch mit einer
ganz sympathischen Neugierde, die sogar von einem gewissen Respect durchdrungen war.

Keiner der Abenteurer hatte sich durch die Art, wie
er seine Wunde empfangen, täuschen lassen; diese anmuthige Nachgiebigkeit von seiner Seite erwarb ihm sogleich das allgemeine Wohlwollen.

Ohne scheinbar die Geschäftigkeit zu bemerken, deren
Gegenstand er war, stand der junge Mann ehrerbietig
vor Montbars, bereit, auf dessen Frage zu antworten,
die es ihm belieben würde, an ihn zu richten.

Der berühmte Freibeuter*) war ein Mann von
hohem Wuchse. Zu der Zeit, wo diese Geschichte sich
zuträgt, hatte er bereits lange das fünfzigste Lebensjahr
überschritten, er trug auf seinen männlichen Zügen, die
in seiner Jugend sehr schön gewesen sein mußten, die
unauslöschlichen Spuren langer Kämpfe, denen er ohne
Zweifel während seines abenteuerlichen Lebens ausgesetzt
gewesen. Sein leichenblasses Gesicht hatte einen Ausdruck kalter Grausamkeit und unversöhnlicher Festigkeit,

---

*) Siehe „die Abenteurer." Roman von G. Aimard.
Leipzig 1865. Ch. E. Kollmann.

Die Zigeuner des Meeres. I.   9

welche Furcht und Respect einflößte. Aus seinen schwarzen Augen sprühte ein unheimliches Feuer, dessen Glanz man unmöglich zu ertragen vermochte; seine leichten und eleganten Manieren waren die eines Edelmanns von guter Race.

Sein einfacher Anzug, ohne Stickereien, von außerordentlicher Sauberkeit, war dem der ihn umgebenden Matrosen sehr ähnlich. Er trug am Halse eine goldene Pfeife, an einer Kette von demselben Metall, das Einzige was ihn, nebst seinem Degen von polirtem Stahl, von seinen Gefährten unterschied.

Nachdem er den jungen Mann einige Augenblicke mit einer Aufmerksamkeit betrachtet hatte, die bei diesem eine gewisse Unruhe erregte, sagte er sanft:

„Nun, ich hoffe, daß wir etwas aus Euch machen werden, mein junger Mann.“

„Mein lebhaftester Wunsch ist, unter Eurem Befehl zu segeln, Herr,“ entgegnete Martial.

„Vent-en-Panne hat mir versichert, daß Ihr ein guter Seemann seid.“

„Ich habe seit fünfzehn Jahren die Schifffahrt getrieben, Herr.“

„Hm! Fünfzehn Jahre! Wie alt seid Ihr denn, Bester? Ihr scheint mir noch sehr jung für einen Meerwolf.“

„Ich bin zweiundzwanzig Jahre alt, mein Herr; im Alter von sieben Jahren habe ich mich als Schiffsjunge eingeschifft, seitdem habe ich das Meer nie wieder verlassen.“

„Eure Fahrten haben sich ohne Zweifel nur auf die Küste beschränkt?"

„Verzeihung, mein Herr; ich bin mit den Niederländern auf den Heringsfang ausgezogen, habe mit den Bayonnesen den Wallfisch harpunirt, und mit den Holländern bin ich nach den Gewürzinseln gegangen."

Der Abenteurer schüttelte trübe den Kopf.

„Also," begann er wieder, indem er abermals einen prüfenden Blick auf Martial heftete, „Ihr wünscht Euch mit uns einzuschiffen, junger Mann?"

„Ich habe Euch bereits gesagt, daß dies mein innigster Wunsch ist."

„Ihr seid unglücklich?" sagte er zu ihm mit traurigem Lächeln.

Unwillkürlich schauderte der junge Mann bei dieser Frage, welche er durchaus nicht erwartet hatte, und er fühlte, wie er erbleichte.

„Ich?" stammelte er verwirrt.

„Ja; Ihr liebt, nicht wahr? Eure Liebe wird nicht getheilt, Euer Herz ist gebrochen; da ist Euch der Gedanke gekommen, und Ihr habt mit Eifer die Gelegenheit ergriffen, welche Euch der Zufall bot, Euch auf dem Caïman einzuschiffen."

„Aber?...." sagte er.

„Ja, so ist es; diese Thorheit hat Euch theuer zu stehen kommen müssen, armes Kind; übrigens beruhigt Euch, ich verlange Euer Geheimniß nicht. Ihr seid zwanzig Jahr alt, Ihr seid jung und schön, das ist die allgemeine Geschichte, nichts ist gewöhnlicher; wir haben alle diese Schuld bezahlt," fügte er hinzu, indem er den Schweiß von seiner feuchten Stirn trocknete; „Ihr wollt auf Abenteuer ausziehen?"

„Ja."

„Wohlan, es sei; Ihr seid einer der Unsrigen von nun an. Gebe Gott, daß Ihr niemals den unheilvollen Entschluß, den Ihr heute faßt, bereuet."

„Ich bin entschlossen," entgegnete der junge Mann mit fester Stimme.

„Dann ist Alles gesagt, mein Kind; viel Glück!"

„Ah! Ah!" meinte lachend der Chevalier de Grammont, indem er sich ihnen näherte, „noch zusammen? Wahrlich, Montbars, Du nimmst unsern neuen Gefährten etwas zu lange in Anspruch, Keiner kann mit ihm sprechen."

„Nach Deinem Belieben," versetzte lächelnd der Abenteurer. „Was willst Du ihm sagen?"

„Folgendes, und es ist mir nicht unangenehm, daß Du es hörst." Darauf wandte er sich zu dem jungen Manne: „Höre," sagte er zu ihm, „bis jetzt war ich halsstarrig genug, wie ein Bär immer allein zu leben, ohne jemals eine Verbindung zu schließen, da ich nur mit einem Manne einen Vertrag machen wollte, der gleich mir aus Granit war; Du bist der Mann, den ich erwartete. Willst Du mein Matrose sein?"

„Das sollte ich meinen!" rief freudig der junge Mann.

„Nun, so geben Sie mir die Hand darauf! Wir sind Brüder," sprach Grammont, indem er ihm die Hand reichte.

Martial schlug ohne zu zögern ein.

„Wie heißest Du, Bruder?"

„Martial."

„Gut, das ist kein abenteuerlicher Name, ich will Dir einen andern geben."

„Wie es Euch beliebt."

„Unter Brüdern dutzt man sich."

„Wie Du willst, Bruder."

„Vortrefflich! Du wirst Dich von nun an Freiherz nennen; ich müßte mich sehr irren, wenn nicht dieser Name unter uns bald berühmt sein wird."

„Wahrhaftig! ich werde Alles thun, damit es so ist, sei unbesorgt," entgegnete heiter der neue Abenteurer.

Montbars hatte lächelnd, — so wie er zu lächeln vermochte, das heißt indem er leicht die Lippen kräuselte — dieses rasche Gespräch der beiden jungen Leute mit angehört.

Martial oder Freiherz — denn von nun an werden wir ihm ohne Unterschied diese beiden Namen geben, — schwamm buchstäblich in Entzücken; ein so vollständiges Gelingen überstieg alle seiner Erwartungen.

„Nun," sagte Montbars, „da Ihr mit mir segeln wollt, so sollt Ihr befriedigt werden." Er klopfte mit der Faust auf den Tisch und rief:

„Holla, die Caimans! tretet zur Ordre vor."

Die Matrosen verließen sogleich ihre Tische.

Montbars ließ seinen Blick einen Moment mit sichtbarer Befriedigung über die bronzefarbenen Gesichter schweifen; dann nahm er bei dem vollständigsten Schweigen der Anwesenden wieder das Wort und begann also:

„Küstenbrüder, Offiziere, Aufseher und Matrosen, unser Bruder der Malouin, der an Bord die Functionen eines Lieutenants verrichtete, ist von den Gavachos bei dem Entern der Gallone Santissima Trinidad getödtet worden. Indem ich von der Macht, welche mir durch das Gesetz, daß Ihr Alle mit mir bei unsrer Abreise von Port-de-Paix unterzeichnet habt, übertragen worden ist, Gebrauch mache, habe ich daran gedacht, den Malouin durch einen entschlossenen Mann und tüchtigen Matrosen zu ersetzen. Da ich jedoch unter den Brüdern keine Eifersucht erwecken will — denn Ihr seid Alle fähig, diesen Posten auszufüllen — und da Viele unter Euch bereits mehrmals als Chef die Expeditionen commandirt haben, so wollte ich keinen Matrosen der Schiffsmannschaft nehmen, ich habe daher gewählt," setzte er hinzu, indem er die Hand auf die Schulter des jungen Mannes legte, dessen Stirn von Stolz und Freude leuchtete, „ich habe diesen Mann gewählt, Ihr kennt ihn bereits, denn Ihr habt ihn hier in Thätigkeit gesehen, er ist es, den ich zum Lieutenant der Brigg die Schlange ernenne, deren Commando zu führen ich die Ehre habe: Erkennt also Freiherz in dieser Eigenschaft an und gehorchet ihm in Allem, was den Dienst betrifft, wie es das von Euch freiwillig unterzeichnete Gesetz fordert."

Dieser Rede folgte ein Murmeln der Befriedigung, welches bald in einstimmige Beifallsbezeigungen überging.

Dann kamen die Abenteurer einer nach dem andern, um dem neuen Offizier die Hand zu drücken und ihm Gehorsam zu versprechen.

Nachdem diese Pflicht erfüllt war, traten sie wieder hinter Montbars.

„Brüder," sprach Martial darauf, „ich bin sehr jung, um danach zu streben, solche Männer, wie Ihr seid, zu befehligen, aber vergeßt mein Alter, denkt selbst nicht mehr daran, was Ihr mich am Bord unsers armen Caïman thun sahet, wartet, um mich zu beurtheilen, bis Ihr mich ernstlich bei der Arbeit gesehen habt und seid überzeugt, daß ich mit Gottes Hülfe die Wahl rechtfertigen werde, welche Montbars getroffen hat."

„Ich werde nur ein Wort hinzufügen, Brüder," rief Grammont, „Freiherz ist mein Matrose, vergeßt das nicht."

Die Abenteurer antworteten mit freudigen Vivats.

In diesem Augenblicke traten drei bis vier Personen in das Wirthshaus.

„Kinder," sagte Montbars, „entfernt Euch, ich muß mit Denjenigen Eurer Brüder allein bleiben, welche bereits bei mehren Gelegenheiten die Expeditionen befehligt haben."

Nie wurde ein Befehl des Sultans von Delhi rascher und vollständiger ausgeführt.

Fünf Minuten später befanden sich nur noch einige Abenteurer in dem Saale. Es waren dies Montbars, Grammont, Peter Legrand, Vent-en-Panne, Michel der Baske, Freiherz, Drack, der Poletaise, Philipp, Pitrians und ein elfter, der sich so sorgfältig in die Falten seines weiten Mantels gehüllt hatte, daß es unmöglich war, ihn zu erkennen.

Außer Martial waren es sämmtlich alte Küsten- brüder, die Elite der Freibeuter: Männer, welche in hundert verschiedenen Kämpfen dem Tode getrotzt und Handlungen der heldenmüthigsten Kühnheit vollführt hatten.

Der Chevalier de-Grammont schien mit dem Auge die Glieder der Versammlung zu zählen und wandte sich plötzlich an den unbeweglich neben der Thür stehenden Pitrians, die dieser wieder geschlossen hatte, und sagte mit rauher Stimme zu ihm:

„Nun, Bursche, was machst Du hier? Entferne Dich so rasch wie möglich oder . . .“

„Mäßigt Eure Hitze, Chevalier,“ unterbrach ihn Philipp kalt, „Pitrians ist hier, weil ich ihm befahl, zu bleiben und er wird bleiben, bis ich ihm heiße, zu gehen.“

Der Chevalier schleuderte dem jungen Manne einen wüthenden Blick zu, Grammont und Philipp verab- scheuten sich. Aus welchem Grunde? Niemand wußte dies zu sagen; vielleicht wußten sie es selbst nicht; sie empfanden Beide eine unüberwindliche Abneigung gegen einander, es war dies bei ihnen mehr eine Sache der Nerven als etwas Anderes.

Gewisse Thatsache, die Jeder kannte, war, daß sie gegenseitig einen starken und offenkundigen Haß nährten, der nur Gelegenheit suchte, hervorzubrechen, kurz eine Katastrophe wurde unvermeidlich zwischen den beiden Männern, sobald sie sich gegenüber befanden.

„Was soll das heißen," fuhr Grammont hochmüthig auf, „Ihr gebt also Befehle hier, mein Bester?"

„Ich habe deren überall und immer meinen Angeworbenen gegeben und oft auch meines Gleichen," antwortete Philipp trocken.

„Die Ordre Montbars' ist formell, dieser Bursche hat kein Recht, hier zu bleiben, und ich fordere, daß er sich entferne."

„Sein Recht, bei uns zu sein, ist wenigstens ebenso gültig, als das Eures neuen Matrosen, der jünger in der Freibeuterei ist als er, denke ich."

Der Streit verschlimmerte sich, Montbars legte sich in's Mittel.

„Ihr habt Beide Unrecht," sagte er; „Dein Matrose, Grammont, und Dein Angeworbener, Philipp, können weder der Eine noch der Andere der Unterredung beiwohnen, die stattfinden wird: sie müssen sich also entfernen."

„Ich meinestheils widersetze mich durchaus nicht,"

antworte Philipp willfährig, „und wenn der Capitain Grammont, anstatt unhöflich zu sein, wie gewöhnlich, es schicklicher gefunden hätte, einige Minuten zu warten, so würde mein Angeworbener sich entfernt haben, ich selbst würde ihm das befohlen haben. Wenn er geblieben ist, so war es nur, weil ich in Bezug auf ihn den hier versammelten Brüdern zwei Worte zu sagen hatte, und er dies hören sollte."

„So sprich, Bruder, wir hören."

„Ich werde kurz sein."

„Hören wir ein Wenig," bemerkte ironisch der Chevalier.

„Unsere Gesetze fordern, daß Derjenige, welcher einen Angeworbenen freilassen will, diese Freigebung vor der Rathsversammlung proclamirt und die Ursachen, welche eine solche Maßregel von Seiten des Herrn herbeigeführt, angiebt, nicht wahr?"

„In der That," antworteten die Freibeuter einstimmig.

„Pitrians, mein Angeworbener, hat mir in der letzten Nacht mit eigener Lebensgefahr das Leben gerettet; mehre unserer Brüder können dies bezeugen."

„Ich zunächst," sprach Vent-en-Panne.

„Und ich," fügte Peter Legrand hinzu.

„Ich erlasse Pitrians den Rest seiner Dienstzeit; von diesem Augenblick erkenne ich ihn als frei und als unsers Gleichen an; umarmt mich, Bruder Pitrians."

„Von ganzem Herzen, und Dank, Bruder," rief Pitrians, indem er sich in seine Arme warf, „allein ich halte mich gegen Dich nicht quitt, Philipp; wenn ich nicht mehr Dein Angeworbener bin, will ich für immer Dein Freund sein."

„Das versteht sich, Bruder."

Die andern Freibeuter drückten Pitrians warm die Hand, beglückwünschten ihn; die Freilassungen waren selten unter den Freibeutern.

„Nun entferne Dich, Pitrians," begann Philipp wieder, „man hat es Dir gesagt: Dein Platz ist nicht hier und nimm den Matrosen des Chevalier mit, der ebenfalls nicht hier bleiben darf."

Grammont biß sich wüthend auf die Lippen, aber er hatte keine Antwort. Plötzlich streckte er den Arm gegen den Mann im Mantel aus und ihn den andern Freibeutern bezeichnend, sagte er mit Ironie:

„Und dieser hier, ist dies auch ein Freund des Capitain Philipp, und glaubt er sich in dieser Eigenschaft ermächtigt, unsern Versammlungen maskirt beizuwohnen.

„Ich bin in der That einer der besten und ältesten Freunde des Capitain Philipp," antwortete kalt der Mann im Mantel, „und bald werdet Ihr den Beweis dafür haben, Chevalier."

„Nun, so gebt ihn denn, diesen Beweis!" rief heftig der Chevalier.

Der Unbekannte folgte Martial und Pitrians,

welche den Saal verließen, mit dem Auge; sobald sich die Thür hinter ihnen geschlossen hatte, schritt er bis zur Mitte des Kreises vor.

„Hier seht den Beweis." sagte er, indem er seinen Mantel zurückschlug und seinen Hut abnahm.

„Herr von Ogeron!" riefen die Freibeuter mit freudiger Ueberraschung.

„Ich selbst, meine Herren, seid Ihr jetzt befriedigt, Capitain Grammont!"

„Oh! mein Herr, ich bitte um Entschuldigung!" antwortete er, sich ehrerbietig vor diesem Greis, vor welchem alle Freibeuter eine so tiefe Verehrung empfanden, verneigend.

„Brechen wir davon ab, mein Herr," entgegnete lächelnd Herr von Ogeron, „wir haben uns mit zu wichtigen Interessen zu beschäftigen, als daß wir einen dummen Streit erregen sollten; nach meiner Meinung würde es besser sein, Euch offen die Hand zu reichen, und so wäre Alles zwischen Euch beendet."

Die beiden Männer traten bei diesem Vorschlag jeder ein Schritt rückwärts.

„Ihr wollt es nicht?" begann er wieder, „es sei, sprechen wir nicht mehr davon und kommen wir zur Sache; nehmt Ihr die Vorschläge an, welche Euch zu machen, ich Peter Legrand beauftragte?"

„Peter Legrand hat uns, ohne Zweifel in Folge Eurer expressen Bestimmungen, nur unbestimmt über diese Sache als in unserm gemeinsamen Interesse, nicht aber in Eurem Auftrage gesprochen, mein Herr," antwortete Montbars im Namen der Versammlung.

„Und was habt ihr ihm geantwortet?"

„Wir haben ihm geantwortet, mein Herr, daß diese Expedition zu gewagt sei, daß die Spanier sehr auf ihrer Hut und fest verschanzt seien und, von einem tapfern Officier befehligt, sich wie Löwen vertheidigen würden, so daß wir in großer Gefahr schweben, nicht allein das Unternehmen scheitern, sondern auch Viele der Unserigen vergebens getödtet zu sehen."

„Sehr wohl, meine Herren, nun hören Sie mich, ich bitte: Ich erinnere Sie daran, daß ich es war, welcher Euch zu einer andern Zeit von Portugal les lettres de marques verschaffte, selbst als diese Macht mit Spanien in Frieden war; ich werde die andern Dienste erwähnen, welche ich so glücklich war, Euch zu erweisen, Ihr habt dieselben, das bin ich überzeugt, in gutem Andenken behalten."

„Wir sind nicht undankbar, mein Herr, wir wissen, was wir Euch schuldig sind."

„Ich werde mich begnügen, Euch Folgendes mitzutheilen: Ich komme von Frankreich; ich habe den Cardinal Mazarin gesehen ...."

Ein Schauder der Neugierde durchlief die Versammlung.

Herr von Ogeron fuhr fort:

„Seine Eminenz hat meine ehrfurchtsvollen Bitten für gerecht erkannt; der Cardinal hat eingesehen, daß

Männer von Ihrem Werthe, meine Herren, nicht länger
aus der Gesellschaft verbannt sein sollten; Ihr seid
keine Parias mehr, keine Piraten oder Corsaren, sondern loyale Unterthanen Seiner allerchristlichsten Majestät,
deren gesetzmäßige Existenz durch den König angenommen und anerkannt ist: Demzufolge bewilligt Euch
Seine Majestät, der König Ludwig XIV., indem Ihr
Eure Freiheit wie vorher bewahrt, in seinem unerschöpf-
lichen Wohlwollen für Euch, seinen vollen Schutz mit
dem Rechte, seine Flagge auf Euern Schiffen auf-
zuhissen; außerdem hat Seine Majestät geruht, mich
zum Gouverneur aller seiner Besitzungen im Atlantischen Meere zu ernennen. Nehmen Sie diese Bedingungen an, meine Herren; wollen Sie mir diesen
Titel zuerkennen und sind Sie geneigt, mir zu gehorchen?"

„Es lebe der König!" riefen die Freibeuter begeistert aus. „Es lebe unser Gouverneur!"

„Dank, meine Herren, Dank!"

„Mein Herr," antwortete Montbars, immer kalt
und würdig, „die Gnade des Königs erfüllt uns mit
Freude. Die Wahl, welche er getroffen hat, indem er
Euch zu unserm Gouverneur machte, ist uns ein Beweis
der guten Absichten Seiner Majestät. Allein es versteht
sich wohl von selbst, nicht wahr, daß unsere innere Ein-
richtung immer dieselbe bleiben wird, und daß Niemand,
selbst nicht der König, selbst Ihr nicht, mein Herr, das
Recht haben werdet, sich darein zu mischen?"

„Das schwöre ich Euch, auf Ehre; mein Herr," antwortete Herr von Ogeron.

„Wohlan, mein Herr, wir nehmen Euer Wort an, denn wir kennen die Ehrenhaftigkeit desselben; nun befehlt, wird sind bereit, Euch zu gehorchen."

„Ich will die Schildkröteninsel nehmen."

„Wir werden sie nehmen," entgegnete Montbars einfach. „Morgen wollen wir die letzten zu beschließenden Maßregeln verabreden."

„Nicht hier, wenn Ihr wollt; Port-de-Paix ist mit Spionen angefüllt, wir werden uns morgen mit Sonnenuntergang auf der kleinen Insel „der Hundskopf" versammeln. Wie viel Leute bedürft Ihr?"

„Wenig, vorausgesetzt, daß sie gut sind."

„Sie sind es alle."

„Freilich. Wohlan, Ihr, Montbars, Vent-en-Panne und Grammont, wählt Jeder fünfzig entschlossene Männer aus Eurer Schiffsmannschaft; Peter Legrand wird unter der seinigen eben so viele finden; zweihundert Mann werden genügen."

„Also morgen mit Sonnenuntergang bewaffnet auf dem Hundskopf."

„Wir werden dort sein," antworteten die Freibeuter.

Man trennte sich.

Herr von Ogeron blieb allein.

„Es läßt sich etwas mit diesen Männern thun," murmelte er, „denn sie haben den Instinct des Großen und Edlen! Wird es mir gelingen, sie zu zähmen

und sie der großen Familie der Menschheit wiederzu-
geben, außerhalb welcher zu leben sie so hartnäckig be-
stehen?"

Der Greis schüttelte mehrmals mit nachdenklicher
Miene den Kopf, hüllte sich in seinen Mantel, um nicht
erkannt zu werden, und verließ ebenfalls das Wirthshaus.

Ende des ersten Theils.

Druck von Oswald Kollmann in Leipzig.